Die Judenmetzgerei

Das Buch

Als Mutter von sechs Kindern trägt Else Rubin in Zeiten des Zweiten Weltkriegs schwer an ihrer Verantwortung. Allein mit Onkel Gustav muss sie ihre Metzgerei aufrechterhalten, um die Existenz ihrer Familie zu sichern. Von Anfang an steht sie der Regierung der Nationalsozialisten kritisch gegenüber. Als sie selbst Besuch vom Ortsgruppenleiter erhält, der ihr das Mutterkreuz verleihen will, bezieht sie erstmals gegen das Regime Stellung: Mit Entschiedenheit bekundet sie, dass sie ihre Kinder nicht „dem Führer schenken“ will.

Von nun an wird Else Rubin spürbar schikaniert. Freitags ist sie „die Judenmetzig“, alle Juden der Stadt sind angehalten, an diesem Tag nur noch in ihrer Metzgerei einzukaufen. Die Folgen: Deutsche Kunden wenden sich ab, Gehässigkeiten nehmen zu, Juden werden zunehmend verfolgt und ausgegrenzt. Else Rubin muss sich für eine klare Position entscheiden …

Bewegend erzählt Hermann Multhaupt von der couragierten Metzgersfrau, deren aufrechte Haltung beispiellose Charakterstärke bezeugt – ein ermutigendes Beispiel für Widerstand in Zeiten wiedererstarkender antisemitischer Tendenzen.

Der Autor

Hermann Multhaupt wurde 1937 in Beverungen geboren. Als Journalist wirkte er in Karlsruhe, Offenburg, Mannheim, in der bayrischen Oberpfalz und in Baden-Baden; von 1979 bis 2000 war er Chefredakteur der Kirchenzeitung „Der Dom“.

Multhaupt gilt zusammen mit dem evangelischen Pfarrer Manfred Wester als Wiederentdecker irischer Segenswünsche, von denen er zahlreiche Bände herausgab. Für seine kirchlich engagierte Tätigkeit bekam er 1981 den Journalistenpreis der Deutschen Bischofskonferenz. Inzwischen hat er mehr als 80 Bücher geschrieben, darunter zahlreiche historische Romane.

Im Dialogverlag erscheint von Hermann Multhaupt: Die Mordnacht über der Königspfalz. Mittelalter-Roman über das Leben der heiligen Ida von Herzfeld.

Hermann Multhaupt

Die Judenmetzgerei

Ein Familienschicksal aus Deutschlands dunkelster Zeit

dialogverlag

Besuchen Sie uns im Internet:
www.dialogverlag.de

Umwelthinweis:
Dieses Buch wurde auf chlor- und säurefreiem Papier gedruckt.

Bibliografische Information Der Deutschen Nationalbibliothek
Die Deutsche Nationalbibliothek verzeichnet diese Publikation in der Deutschen Nationalbibliografie; detaillierte bibliografische Daten sind im Internet über http://dnb.d-nb.de abrufbar.

ISBN 978-3-944974-46-0
1. Auflage 2020

Titelbild: ullstein bild – adoc-photos
Cover: Julia Buschmann
Gestaltung: **kampanile**.de

Gesamtherstellung: **dialog**verlag Münster

Anfang 1943. Der Krieg ist verloren. Die 6. Armee ist aufgerieben. Doch niemand will es wahrhaben. Man tut so, als sei auch nach der Schlacht von Stalingrad der Endsieg sicher. Die Parteibonzen wiegen sich nach außen in Siegerlaune, doch manchem kommen Zweifel. In den Parteibüros ist davon nicht die Rede. Dort schmiedet man Pläne, die über das Kriegsende hinausgehen. Die Weisungen „von oben“ sind eindeutig: Das Großdeutsche Reich wird aus den Ruinen der großstädtischen Bombenangriffe siegreich hervorgehen. Berlin wird dann Germania heißen, und vor Ort werden noch mehr Zwangsarbeiter schuften und den Herrenmenschen zu Diensten sein. Die Hitlerjugend trommelt. Die Schläge auf das Fell der Marschpauke stören die Predigt des Pfarrers beim Sonntagsgottesdienst. Das kennt man schon, das ist so gewollt. Der Pfarrer hält einen Augenblick inne, die Orgel intoniert „Eine feste Burg ist unser Gott“. Darin ersticken die Takte der Trommel.

Franz gehört zur Hitlerjugend. Er macht ihre Übungen und Spiele mit, die Märsche, die körperliche und ideologische Ertüchtigung nach dem „Führerprinzip“. Er ist stolz auf das braune Hemd, auf Schlips, Koppel und das Hoheitszeichen, das Hakenkreuz, auf der linken Armbinde. Nur sonntags, während der Messe, lässt ihn die Mutter nicht ziehen. Da kennt sie kein Pardon, da ist sie Herrin im Haus, zumal ihr Mann an der Ostfront steht und mit seinen Kameraden den Rückwärtsgang aus Russland probt.

„Du bist seit Jahren Messdiener“, schimpft Else Rubin, „und da läufst du nicht einfach davon.“

Franz hat sich gefügt, zähneknirschend zwar, aber er toleriert die Entscheidung seiner Mutter. Sie sitzt schließlich am längeren Hebel, hat genug zu tun, die Metzgerei am

Laufen zu halten, wo es nur den einbeinigen Onkel Gustav gibt, dem die Franzosen im Ersten Weltkrieg das linke Bein weggeschossen haben, und der nun Metzger, Kalbshaxen- und Wursthersteller in einer Person ist. Zwei von Franz' Brüdern sind Flakhelfer; dazu wird er wahrscheinlich bald auch verpflichtet. Er hat sich als „Freiwilliger“ vormerken lassen, doch noch hindert die Bürokratie den Einsatz für „Führer, Volk und Vaterland“. Ein Bruder, Martin, fliegt eine Messerschmidt, den „Volksjäger“ von Heinkel, einer ist als Kleinkind gestorben. Den hat Franz nicht kennengelernt. Schwester Julie ist beim Bund Deutscher Mädchen zwangsverpflichtet.

Abends, wenn der Onkel über dem Bierhumpen einschläft, schnippelt Mutter Else an den Lebensmittelkarten herum, eine Mosaikarbeit ohne Freude, entwirrt die Zuteilungen, klebt sie auf Zeitungsbögen und ordnet sie in Klarsichthüllen. Zwar köchelt die Fleischzuteilung für die Bewohner des Stadtteils auf Sparflamme, aber ein kleines saftiges Steak oder eine deftige Blutwurst fallen schon mal – wenn's niemand sieht – aus der Kalkulation. Die Arbeit ist zeitaufreibend, und vor zwölf kommt Else Rubin selten ins Bett.

Zu dumm, dass der Bengel spätabends am Volksempfänger herumkurbelt und aus den quietschenden Lauten einen Sender anpeilen will. Neben dem Deutschlandsender mit seinen Siegesmeldungen und Durchhalteparolen, manchmal auch mit dem schrillen Geschrei des Reichspropagandaministers, der mit fiebrigen Parteigenossen den „totalen Krieg“ bejubelt. Heimlich horcht Franz auf das dumpfe, vierfache, eindringliche Pochen von Radio London, das aus der Schicksalssymphonie Beethovens geklaut ist. Dass das Abhören eines Feindsenders verboten ist, weiß Franz. Er weiß auch, dass das mit empfindlichen Strafen geahndet wird. Einige Leute sind im KZ gelandet oder sonst wo. Doch er will sich ja nur der Lügenmärchen vergewissern, die von jenseits der Nordsee über Deutschland ausgeschüttet werden wie die Larven der Kartoffelkäfer, die er mit der Klasse auf den landwirtschaftlichen Flächen vor der Stadt absuchen muss. In Reih und Glied ziehen sie los, zweimal die Woche in den letzten Schulstunden, und stecken die „Geschenke“ des Feindes in vorbereitete Gläser.

Franz weiß nicht, was er glauben soll. Dem Reichsjugendführer Artur Axmann, dem er sogar einmal auf einer Schulungsveranstaltung begegnete und der ihn mit seiner Liebe zum Führer begeisterte, oder seiner Mutter, die einen gesunden Menschenverstand besitzt und ihn bisher nie enttäuscht hat. Eines ist klar: Mutter Else vertritt eine andere Sicht der Dinge als Hauptschullehrer Isewein: In ihrer Zukunft ist der Himmel von dunklen Wolken verhangen und nicht heiter und hell wie bei den Nationalsozialisten. Aber die Jugend ist doch die Zukunft des Reiches, betont Adolf Hitler, und als Jugendlicher von 14 Jahren gehört Franz doch wohl zu dieser Zukunft!

Franz achtet darauf, dass die Rollos an diesem wie jeden Abend heruntergelassen sind und kein Licht durch die Ritzen fällt. Es ist „Fliegerwetter“. Das heißt, beim klaren, wolkenlosen Mondscheinhimmel muss man von Luftangriffen der Alliierten ausgehen. Und wenn es auch nicht wieder massiv die eigene Stadt trifft, in der es Gott sei Dank keine Rüstungsbetriebe gibt, so bedeuten verirrte Bomben auch hier Vernichtung und Tod für die Menschen. Einige Häuser hat es getroffen. Auch die Metzgerei. Es ist eine Brandbombe gewesen. Sie hat im oberen Stockwerk erhebliche Schäden angerichtet. Franz muss seither im Mädchenzimmer von Julie kampieren, die zum Reichsarbeitsdienst abkommandiert worden ist.

Else Rubin kommt gerade aus dem Bad, Lockenwickler im Haar, das geblümte Nachthemd mit einer überdimensionalen Schleife am Hals geschlossen. Ihr nackter rechter Fuß scheuert an der linken Wade.

„Bist du noch immer auf? Jetzt wird es aber höchste Zeit, dass du in die Falle kommst. Morgen kommst du nicht aus den Federn. Und stell endlich den Kasten ab!“ Sie deutet auf den Volksempfänger. Franz hört gerade den Luftlagesender Primadonna, der die Bevölkerung des Großdeutschen Reiches über „Feindeinflüge“ informiert. Die verklausulierten Hinweise auf mögliche Bombardements liegen weit außerhalb des heimischen Himmels.

„Und dass du mir nicht noch einmal ‚London‘ hörst. Hast du verstanden, Franz?“

Franz hat verstanden, doch er kurbelt jetzt weiter an dem Apparat herum. Ein Billiggerät des Reichspropagandaleiters Joseph Goebbels, Typ VE 301 Dyn. Mit einigen Spezialkenntnissen aus dem Physikunterricht kann man es leicht nachbauen.

„Dieser Volksverhetzer“, schimpft Frau Rubin. „Franz, stell endlich das Radio ab!“

Franz deutet auf die Wand und legt einen Zeigefinger auf den Mund. Nebenan ist eine Familie eingewiesen worden, die treu zum Führer steht. Vor der Haustür grüßen sie bei jeder Gelegenheit stolz mit „Heil Hitler“. Dass der einjährige Junge im Kinderwagen nicht auch schon die Hand hebt, ist ein Wunder. Der Mann ist ein „Goldfasan“, ein Parteibonze, der seine hellbraune Uniform mit Quasten stolz zur Schau trägt. „Ich glaube, die lässt er auch nachts im Bett an“, hat Franz’ Freund Hermann einmal gespottet.

Die Wände im Haus sind dünn. „Wenn die Nachbarn dich hören!“, mahnt Franz. „Du weißt, dass sie das Parteibuch so stolz tragen wie du das Gesangbuch. Jemand aus unserer Schule hat seine eigenen Eltern angezeigt, weil sie auf den Führer geschimpft haben!“

Frau Rubin schiebt ihren Sohn beiseite und dreht am Knopf des Empfangsgeräts. Stille erobert den Raum.

„Das ist schlimm, wirklich schlimm! Dass so etwas passiert. Die eigenen Kinder… Da siehst du, wie verführt die Jugend ist. Diese Regierung hat der Teufel eingesetzt, nicht der gesunde Menschenverstand.“

Franz möchte etwas erwidern, doch er weiß, dass er gegen die Argumente seiner Mutter nichts aufzubieten hat. Die sind mauerstark.

„Mama, bitte! Nicht so laut!“

Else Rubin macht eine unwirsche Handbewegung. „Man muss auch in diesen Tagen den Mut haben, seine Meinung zu sagen.“

Franz ist jetzt putzmunter. Er baut sich vor seiner Mutter auf. „Das interessiert doch niemanden, Mama, ob du eine Meinung hast, verstehst du? Es gilt nur die Meinung der Partei. Die Partei hat immer Recht, sagt unser Lehrer, und wer sich deren Ansichten widersetzt, ist ein Verräter an der deutschen Sache, kapiert? Du zerstörst den Glauben an die Nation, die Ideale einer neuen Generation.“

„Nur gut, dass dein Vater dich nicht hört“, seufzt Else Rubin.

„Gute Nacht.“

Franz ist ein aufgeweckter Junge mit blondem Haar und blauen Augen. Und klug ist er auch. In diesem Regime könnte er vielleicht Karriere machen. Von den Rassegesetzen hat er gehört. Der einzige Jude, der in seiner Klasse war, Achat, ist schon seit geraumer Zeit verschwunden. Ausgewandert, heißt es offiziell. Franz hat ihn nur noch einmal gesehen. Als er mit ihm reden wollte, ist Achat auf die andere Straßenseite gewechselt. „Sie dürfen uns nicht zusammen sehen!", hat er Franz zugerufen und flinke Beine bekommen. Sie? Wer sind diese „sie?"

Als Franz am nächsten Tag aus der Schule zurück ist und gerade seine Bohnensuppe löffelt, klopft es. Seine Mutter ist noch im Laden, um das Fleisch in der Kühltruhe zu versorgen. Onkel Gustav füllt sich gerade den zweiten Teller Suppe auf.

Der wohlgenährte Ortsgruppenleiter und Oberinspektor Meyer stehen in der Tür. „Heil Hitler", grüßen sie, doch nur halblaut. Der Weg über die Treppe hat sie angestrengt. Franz ruft nach der Mutter und verzieht sich klopfenden Herzens in den Nebenraum.

Dem Ortsgruppenleiter tropft der Schweiß von der Stirn. Mit seiner Uniformmütze wedelt er sich Luft zu. „Ganz schön vertrackt wohnen Sie, ha, ha!"

„Uns hat's halt erwischt. Die Bombe hat den Dachstuhl in Brand gesetzt", erklärt Frau Rubin und wischt sich die Hände an der Schürze ab. „Jetzt müssen wir aus der Not eine Tugend machen."

Der Ortsgruppenleiter nickt, er ist kurzatmig und beleibt. Er liebt Wildbraten und den „Reblitzer Roten", das ist offensichtlich.

„Opfer müssen wir alle bringen in diesen Tagen", sagt Oberinspektor Meier.

„Was verschafft mir die Ehre?“, fragt Else Rubin. So ganz wohl ist ihr nicht in ihrer Haut. Ist etwas von ihrer Unterhaltung mit Franz nach außen gedrungen?

Meier öffnet umständlich seine Aktentasche. Er kennt Else Rubin. Als er vor einigen Jahren so klamm war, dass er seiner Tochter nicht einmal ein Erstkommunionkleid kaufen konnte, ist sie eingesprungen. Heimlich hat sie seiner Frau einen Geldschein zugesteckt. Meier überreicht dem Ortsgruppenleiter ein Dokument und ein Kästchen.

Der Ortsgruppenleiter nimmt eine dienstliche Miene an. Da er hier kein Podest vorfindet, von dem er reden kann, versucht er auf Zehenspitzen zu stehen.

„Frau Else Rubin?“

„Ja, natürlich. Sie kennen mich doch.“

„Dennoch muss ich die Bestätigung von Ihnen persönlich hören. Ich verzichte schon darauf, Ihren Personalausweis einzusehen – was ich eigentlich von Dienst wegen müsste.“ Oberinspektor Meier nickt.

„Ich habe die Ehre, Frau Rubin, Ihnen das Mutterkreuz zu überreichen, das der Führer Ihnen in treuer Pflichterfüllung für unseren Staat verliehen hat.“

„Was soll ich bekommen – das Mutt…?“ Else Rubin muss sich erst mal setzen. Sie gleitet auf die Eckbank, jeden Augenblick sprungbereit, wieder hochzuschnellen.

„Das Ehrenkreuz der deutschen Mutter, jawohl! Wie ich den standesamtlichen Eintragungen entnehme, haben Sie unserem Führer sechs Kinder geboren. Das ist eine großartige menschliche Leistung, die einer deutschen Mutter würdig ist. Vor allem in den schweren Jahren dieses Krieges, in dem Deutschland im Abwehrkampf gegen den bolschewistischen Feind im Osten und die alliierte Front im Westen steht, können die heldenhaften Taten unserer Frauen und Mütter nicht genug hervorgehoben werden.“

Frau Rubin sucht nach Worten. Ihr Gesicht ist rot. „Gleich explodiert sie“, denkt ihr Schwager Gustav, räumt den Teller in die Spüle und humpelt geräuschlos nach draußen.

„Sechs Kinder“, schaltet sich Oberinspektor Meier ein, „dafür gibt es das Mutterkreuz in Silber, Frau Rubin. Es kommt nicht alle Tage vor, dass eine deutsche Mutter damit ausgezeichnet wird. Sie, Frau Rubin, wurden für würdig befunden, dieses Ehrenkreuz …“

Der Ortsgruppenleiter schneidet dem Kollegen das Wort ab.

„Normalerweise haben wir einen feierlichen Rahmen für die Überreichung vorgesehen, Frau Rubin“, entschuldigt er die Ausnahmesituation. „Doch mit Rücksicht auf die Lage …, der Krieg, die Kräfte, die anderswo gebraucht werden – Sie verstehen.“

„Vollkommen“, sagt Frau Rubin kühl und spürt, wie ihr Rücken steif wird. Es arbeitet in ihrem Kopf. Man sieht es an den flackernden Augen. Schließlich springt sie auf, wirft ihre Schürze beiseite und strafft sich.

„Ich muss Ihnen etwas sagen, meine Herren. Hier liegt wohl ein kleines Missverständnis vor. Es stimmt, dass ich sechs Kinder geboren habe, und eines ist mir so lieb wie das andere. Aber es ist nicht richtig, dass ich meine Kinder dem – Führer schenken will. Davon kann keine Rede sein. Und was heißt – ‚Mutterkreuz’? Sechs Kinder können in diesen Tagen schon ein Kreuz für eine Mutter sein, weil es nicht leicht fällt, bei den rationierten Lebensmitteln alle Mäuler satt zu bekommen.“

„Frau Rubin, das habe ich nicht gehört!“, ruft der Ortsgruppenleiter spitz. Seine Geste gegenüber seinem Kollegen bedeutet, dass er doch auch etwas zu dieser unerhörten Erwiderung sagen soll. Doch Meier schweigt, blickt betreten zu Boden.

Else Rubin fängt sich. „Noch etwas, Herr Ortsgruppenleiter! In den Klassen unserer Schule haben Sie auf letztendliche Veranlassung von Herrn Adolf Hitler, von dem ich jetzt das Mutterkreuz entgegennehmen soll, die Kreuze an den Wänden entfernen lassen. Wie kann ich jetzt durch Sie ein anderes Kreuz aus der Hand des Führers annehmen? Da stimmt doch etwas nicht, oder? Hängen Sie die Kreuze in den Schulen wieder an ihren Platz, dann können Sie wiederkommen und wir werden über das Ehrenkreuz der deutschen Mutter reden."

„Das hat Folgen!", schreit der Ortsgruppenleiter, rafft seine Utensilien zusammen und stampft zur Tür. „Das ist Defätismus! Mit solchen Typen werden wir rasch fertig! Heil Hitler!"

Oberinspektor Meier zuckt bedauernd die Achseln und zieht die Tür hinter sich ins Schloss.

Mein Gott, was habe ich da angestellt! Blitzartig wird Else Rubin bewusst, was sie dem Ortsgruppenleiter an den Kopf geworfen hat. Sie betrachtet ihr entsetztes Gesicht im Spiegel an der Klotür. Jetzt treten die Furchen auf den Wangen und die Ringe unter den Augen deutlich hervor. Einmal hat sie sich den grauen Haaransatz weggefärbt, dann jedoch auf alle künstlichen Hilfsmittel verzichtet. „Else", hat sie zu sich gesagt, „Else, du stehst zu deinem Alter wie zu deiner Meinung." – Daran hält sie sich.

Franz ist nun doppelt hellhörig. Bei jedem Laut auf der Treppe schrickt er zusammen. Was seine Mutter verbrochen hat, will lange nicht in seinen Kopf. Morgens, vor sechs, ist er wach. Er hört die Vögel nicht, die im Kirschbaum jubilieren, er horcht auf die Geräusche der Straße. Gegen sechs kommen sie meist, die Leute von der Gestapo, in Ledermänteln und mit Hut, verschaffen sich Einlass und verhaften die Gegner des Regimes. Was seine Mutter getan hat, ist Grund, sie vor Gericht zu stellen oder einfach ins Konzentrationslager zu überführen. So wie Isidor Königsthal. Nach der Pogromnacht wurde er ins KZ Buchenwald eingeliefert, doch nach sechs Wochen entlassen, weil er Frontkämpfer im Ersten Weltkrieg gewesen war. Er kam als Einziger zurück. In jener Zeit schon hatten die Häftlinge nicht genug Wasser zum Trinken. Während der Lagerzeit hatte sich Isidor nicht ein einziges Mal waschen können. Nach Hause zurückgekehrt, sagte sein Nachbar zu ihm: „Wenn ich davon gewusst hätte, dann hätten sie dich nicht gefunden.“ Seine Frau versorgte Isidor und Franziska mit Kartoffeln und Gemüse, damit sie etwas zu essen hatten. Sie konnten ja nichts kaufen. Geld besaßen sie zwar, aber es lag, von den Nazis beschlagnahmt, unerreichbar auf der Sparkasse.

Es gibt noch zwei Männer in der Straße, die in einem anderen KZ gewesen sind und ebenfalls auf Grund ihrer soldatischen Verdienste im Ersten Weltkrieg wieder freikamen. Ausgemergelte Gestalten, zum Stillschweigen verdonnert. Sie sind nur selten in der Öffentlichkeit zu sehen. Das Leben um sie herum existiert nicht mehr. Kein Kino- oder Theaterbesuch. Kein Tanz in den Mai oder Fest des Anglervereins. Sie sind lebendig tot, nachdem sie gesehen haben, was in diesen Lagern passiert. Und das kann auch Else Rubin geschehen…

Franz weiß das, obschon Nachrichten über die Gräuel nur gelegentlich durchsickern wie Regentropfen durch ein undichtes Dach. Er hat gerüchteweise auch von einem Jugend-KZ gehört, in dem die Insassen bei geringsten Vergehen gegen die Hausordnung auf einen Bock gespannt und verprügelt werden. Dreißig, fünfzig Schläge auf das nackte

Hinterteil, bis die Haut platzt. Davon weiß der Führer bestimmt nichts! Das müsste er aber wissen, damit er solche Untaten verbietet.

Mutter schreibt jetzt abends, wenn sie die Abschnitte der Lebensmittelkarten sortiert hat, an einem Brief. Drei Abende sitzt sie jetzt schon und überlegt die Worte, die sie zu Papier bringen will. Manchmal geht es ihr flott von der Hand, dann wieder zögert sie, kaut auf dem Bleistift und radiert das letzte Wort aus. Sie schreibt an Vater. Sie weiß nicht, wo der Frontverlauf derzeit ist. Vielleicht bekommt er den Brief auch gar nicht mehr in die Hand, aber sie muss sich ihre Sorgen von der Seele schreiben. An die Flakhelfer schreibt sie nicht, auch an Julie nicht, aber an Vater. Sie berichtet natürlich vom Geschäft, vom bescheidener werdenden Umsatz, von den Schwierigkeiten, geeignetes Schlachtvieh zu bekommen. Alles ist rationalisiert. Franz braucht ein paar Schuhe, doch vorerst kann er die von Heinz, dem zweitältesten Bruder, auftragen. Erst dann schreibt Mutter von dem Vorfall mit dem Ortsgruppenleiter und dem Mutterkreuz. Das fällt ihr besonders schwer, da beißt sie in jedes Wort, als ob sie seinen Geschmack prüfen müsste, bevor sie es loslässt aufs Papier. Manchmal fällt eine Träne auf den Bogen, die tupft sie schnell weg, damit keine Ringe entstehen.

Das Schreiben bringt Else Rubin selbst zur Post. Sie gibt es Franz nicht mit, obgleich der Junge auf dem Weg zur Schule an einem Briefkasten mit täglich dreifacher Leerung vorbeikommt. Sie will ganz sicher gehen, dass der Sorgenbrief abgeht. Doch wenn er nicht ankommt? Mit Gustav kann Else Rubin nicht darüber reden. Den kümmert, wie er die Kuh vom Bauern Hinterhofer, die in einen Schacht gefallen und sich ein Bein gebrochen hat, zum Schlachten auf den Hof bekommt. Es fahren ja kaum noch Nutzfahrzeuge, weil die Wehrmacht sie braucht. Und mit dem Einspänner ist das eine schwierige Sache.

Manchmal ist Else Rubin hinter der Fleischtheke etwas fahrig. Sie schneidet die Wurstscheiben mal dick, dann zu dünn, fragt: „Darf es auch etwas weniger sein?“

Die Frage kommt bei der Kundschaft schlecht an. Es ist wenig genug, was auf dem Fleischabschnitt der Lebensmittelkarte ausgeliefert wird, und davon noch etwas abtreten? Für Schmarotzer etwa? Für Judenbälger? Manche schauen sehr genau hin, wer wann etwas erhält. Selbst die Wurstscheibe für die kleinen Kinder, die ihre Mütter begleiten, wird mit Argusaugen beäugt. Andere zeigen Spuren von Mitleid. Mit der Frau Rubin ist etwas nicht in Ordnung. Die hat auch zu viel am Hals. Allein im Geschäft, dann die Buchführung, die Schnipselei mit den Lebensmittelkarten, das geht auf Dauer nicht gut. Wenn wenigstens die Tochter Julie zurück wäre. Aber das Ende des Arbeitseinsatzes ist noch nicht abzusehen.

Franz macht treu seinen Dienst, treu bei der Hitlerjugend, treu auch als Ministrant in der Jakobuskirche. Else Rubin hat in einer schwachen Minute überlegt, ob sie ihren Sohn während des Hochamts nicht doch zu den Pflichtstunden der Trommler und Pfeifer schicken soll, die unweit des Gotteshauses auf dem Marktplatz musizieren. Das könnte ein gutes Bild abgeben und vor möglichen Repressalien seitens der Partei schützen. Aber dann kommt sie sich gemein und wortbrüchig vor; nein, sie steht zu dem, was sie dem Ortsgruppenführer gesagt hat. Es beruhigt sie ein Stück, dass der Vorgang nicht in die Presse gelangt ist und sie nicht als Feindin der Regierung angeprangert wird.

Die Tage werden heller, der Frühling verwandelt auch die dunklen Gedanken in ein anderes Licht. Eines Abends, eine halbe Stunde nach Ladenschluss, klopfen zwei Männer an die Eingangstür. Else Rubin hat gerade „Kasse gemacht" und die Einnahmen ins Büro hinübergetragen, als sie durch das ungestüme Klopfgeräusch aufgeschreckt wird.

„Aufmachen, Geheime Staatspolizei!"

Die Frau eilt zur Tür. Der Schlüsselbund entgleitet ihrer zitternden Hand, fällt zu Boden. Dann stehen die Beamten auf der Schwelle. Sie drängen Else Rubin ins Büro, ergreifen zwei Stühle und lassen sich seelenruhig auf ihnen nieder.

„Wir müssen nicht erklären, weshalb wir Sie aufsuchen, Frau Rubin", erklärt der Ältere, ein dicklicher Fünfziger. Er kramt eine Zigarettenschachtel aus der Manteltasche, entnimmt ihr einen Glimmstängel und fummelt nach der Streichholzschachtel. Einen Augenblick betrachtet er das phosphoreszierende Licht, dann zündet er die Zigarette an, bläst die Flamme aus und wirft das Zündholz zu Boden. Der andere, ein Zwanziger, schaut zu und grinst.

„Ich wäre dankbar, Sie würden es mir erklären", sagt Else Rubin mit zitternder Stimme.

Der Jüngere lacht. Er greift nach der Löschwiege und lässt sie auf dem Schreibtisch wippen.

„Lass das", faucht der Ältere.

Else Rubin spürt ihre zitternden Beine. Es gibt keinen weiteren Stuhl im Büro. Die Herren lassen sie vor sich strammstehen.

„Also, Frau Rubin, ab kommender Woche sind Sie die Judenmetzig.*" „Die was?"

„Die Judenmetzig. Die Juden der Stadt sind angehalten, nur bei Ihnen einzukaufen. Andere Fleischgeschäfte sind für sie tabu."

**Judenmetzgermeisterin. Die Metzg = Fleischerei, Schlachterei*

„Das geht nicht“, will Frau Rubin protestieren, doch dann blockiert die Erwiderung wie eine Fischgräte ihren Hals.

„Die Juden kommen freitags zwischen sechs und sieben. Andere Zeiten sind unstatthaft, verstanden?“

Else Rubin nickt, auch wenn ihr die Tragweite der Entscheidung im Augenblick nicht bewusst wird. Es kann das Ende ihrer Fleischerei bedeuten, wenn die alten, treuen Kunden wegbleiben. Wenn sie erfahren, welche Kundschaft sie anschließend bedient.

„Nun, das ist eine Chance, die wir Ihnen einräumen nach dem Zwischenfall mit dem Ortsgruppenleiter. Wir haben uns erkundigt: Ihr Mann kämpft in Russland, ein Sohn ist Pilot, zwei Ihrer Söhne stehen bei der Flak, eine Tochter ist im Reichsarbeitsdienst und Ihr Benjamin könnte es in der Hitlerjugend weit bringen. Das ist Ihre Chance, wenn es auch ein Himmelfahrtskommando ist. Bedienen Sie die Israels und Saras nach Gutdünken.“

„Aber nicht zu freundlich“, schießt der jüngere Gestapomann nach. „Es werden ohnehin immer weniger, wenn sie im Lauf der Zeit durch den Kamin gehen.“

„Schnauze“, ruft der Ältere.

Die Männer erheben sich. Sie nicken Frau Rubin zu und gehen. Sie vergessen sogar, mit „Heil Hitler!“ zu grüßen.

Else Rubin erinnert sich an ein Erlebnis, das in ihrem Heimatdorf die Runde machte, als sie dort zu Besuch weilte. In einer Aprilnacht 1941 klopfte es an das Fenster einer Nachbarin. Als sie erschrocken öffnete, stand unten der jüdische Metzger Meier-Wertheim mit einem Koffer, offensichtlich für eine längere Reise gerüstet. „Was willst du denn um diese Zeit hier?“, fragte die Frau erschrocken. „Es ist doch Mitternacht.“

Die Antwort: „Ich hatte dir versprochen, dein Schaf zu scheren. Das muss ich jetzt tun, denn wir gehen nach Amerika.“

In der Nacht des Aufbruchs vor den Verfolgungen durch die Nazis löste Meier-Wertheim sein Versprechen ein. Er war damals 85 Jahre alt und musste im hohen Alter noch auswandern, wollte er den Konzentrationslagern und damit dem sicheren Tod entrinnen. Vier Jahre lebte der Greis noch in Carlsbad, im Staat Neu Mexiko. Dann starb er. Die Heimat hat er nie vergessen.

Die Magnolien blühen. Eigentlich müssten sie aufhören, sich zu entfalten. Wie kann man dieser Welt denn noch ihre Schönheit zeigen? Für Else Rubin ist diese Welt grau und farblos. Wieder sitzt sie abends nach Ordnung der Lebensmittelkartenschnipsel und schreibt. Schreibt an eine bekannte Feldpostnummer, an ein unbekanntes Ziel. Von ihrem Mann Franz hat sie seit zwei Monaten kein Lebenszeichen. Die Propaganda spricht von der Konzentration neuer Abwehrkräfte, vom Aufbau einer neuen Verteidigungslinie, von neuen Waffen. Von Flugzeugen mit Düsen- statt Propellerantrieb ist die Rede. Von einer Wunderwaffe, die das Kriegsglück zurückbringen wird.

Was Else Rubin schreibt, erfährt Sohn Franz nicht. Von ihren Sorgen kann sie nur ihrem Mann berichten, ohne zu wissen, ob er den Brief je empfangen wird. Onkel Gustav kümmert sich nicht ums Politische. Die Schwägerin muss ihm zwar erklären, welche Veränderungen im Betrieb anstehen, doch er antwortet nur, es sei ihm egal, für wen er schlachte und den Fleischwolf drehe, Hauptsache, es sei nicht für den Teufel. Nein, nicht für den Teufel, denkt Else Rubin, aber für ein teuflisches System, das Menschen ausgrenzt, verfolgt und umbringt.

Franz spürt, wie es um die Mutter steht, was sie umtreibt. Sonntagmorgen zieht er seine HJ-Uniform an. „Ich gehe zum Dienst, Mutter", sagt er.

„Du meinst es gut, aber du musst das nicht tun, Franz, nicht um meinetwillen. Du weißt, wie ich denke."

Ja, Franz weiß es, deshalb zieht er die Uniform wieder aus und pfeffert sie in die Ecke. Auf das Fahrtenmesser mit Ledergürtel und Koppelschloss, das ihm sein Patenonkel Robert zu Weihnachten schenken will, wird er verzichten. Wortlos greift er nach dem Gesangbuch.

Freitag. Judenmetzg. Je näher der Tag rückt, umso aufgeregter wird Else Rubin. Die Kunden spüren ihre Unruhe, doch sie sagen nichts. Sie wissen noch nicht Bescheid.

„Am Freitag schließe ich früher, um halb sechs."

„Oh, gönnen Sie sich endlich mal etwas Ruhe, Frau Rubin?" Frau Herzig hat Verständnis. „Endlich mal ins Theater oder zum Konzert? Sie haben es weiß Gott verdient."

Noch will Else Rubin nicht mit der Sprache heraus. Sie druckst herum. Ob die treue Kundschaft wegbricht, wenn sie erzählt, weshalb sie um 17.30 Uhr schließen muss?

Ach, sie werden es ja ohnehin erfahren. Vielleicht steht es in der Zeitung, dass sie jetzt die Judenmetzig ist. Damit jeder weiß, auf was er sich einlässt, wenn er das Geschäft für Einkäufe nutzt.

„Hauptsache, Sie lüften ordentlich, wenn ein Jud gegangen ist", sagt ein kriegsversehrter Finanzbeamter und lacht.

Um kurz vor sechs abends ist die Metzgerei leer, der Boden geputzt, die Vitrine neu bestück. Es riecht nach Spiritus und Spülmittel, als ob die, die nun kommen, Aussätzige seien, vor denen man sich durch besondere Reinlichkeit schützen müsse. Zu Aussätzigen hat man sie gemacht, denkt Frau Rubin, Ausgestoßene, Verfemte, minderwertige Menschen der „jüdischen Rasse". An der Seite der „Arier" haben sie nichts verloren. Sie dürfen nicht neben ihnen im Zugabteil sitzen, nicht im Theater, nicht in der Schule. Sie dürfen fast gar nichts mehr. Die Professoren sind aus den Hochschulen verschwunden, den Ärzten ist die Berufsausübung verwehrt. Wie viele Juden sind ausgewandert? Man kann sie nicht zählen. Wie viele wurden umgebracht, in Konzentrationslager verschleppt und einem Massentod ausgeliefert? Die Statistiker der Nazis werden es wissen. Überhaupt werden viele wissen, was mit den Juden passiert. Doch man spricht nicht darüber. Man hütet sein Wissen im Schweigen.

Zu dritt kommen sie, die ersten Juden. Der Judenstern prangt, untertassentellergroß, auf der linken Brustseite ihrer Mäntel und Jacken. So sind sie schon von weitem zu erkennen. Nein, eine Aussätzigen-Schelle tragen sie nicht, die den Ariern signalisiert: Bleibt mir vom Leibe, ich gehöre nicht in die Volksgemeinschaft, ich bin ein Außenseiter und Ausgestoßener. Das Türglöckchen scheppert. Frau Rubin eilt den Kunden entgegen. „Schön, dass Sie da sind. Bitte, treten Sie näher. Womit kann ich dienen?"

Dienen? Der ältere bärtige Mann blickt erschrocken auf. Hat sie „dienen" gesagt? Holt nicht den Rohrstock hinter der Theke hervor und zieht ihm eins über, wie es ihm dieser Tage noch geschah? Nein, diese Frau lächelt. Auch die beiden jüdischen Kundinnen überwinden ihre Scheu und rücken auf.

„Sie sehen, was ich im Angebot habe", sagt Frau Rubin. „Mit Koscherem kann ich heute noch nicht dienen. Aber ich habe Pferde- und Schweinefleisch aussortiert. Nur ein paar Kaninchenkeulen liegen noch in der Truhe, aber die dürfen Sie, wie ich gelesen habe, auch nicht nehmen."

„Nur keine Umstände, Frau", sagt der ältere bärtige Mann. „Wer Hunger hat, ist nicht wählerisch." Er zeigt auf eine Wurst und fragt nicht, was drin ist. Die beiden Frauen nehmen vom Schinken. Ob er koscher ist oder treife? Rein oder verboten? Solche Fragen lassen sich nicht beantworten, wenn man Hunger hat. Die Auswahl an Fleischstücken ist begrenzt. Else Rubin nimmt die Lebensmittelkarten entgegen, trennt den Zuteilungsabschnitt heraus. Mein Gott, davon kann man nicht leben! Davon wird höchstens ein Spatz satt! Sie wundert sich, dass diese Juden überhaupt noch Lebensmittelkarten besitzen; die werden Juden schon längst nicht mehr zugeteilt. Als sie die Fleischwaren einpackt, legt sie jeweils unbemerkt ein kleines Fleischbällchen dazu. Es besteht aus Hackfleisch mit Semmelbröseln, Milch, Eigelb, Senf und etwas Salz.

Am nächsten Freitagabend finden sich schon mehr Juden ein. Sie erscheinen meist zu zweit oder in Grüppchen. Nie jemand allein. In der Regel sind es Frauen. Sie kommen wie aufgescheuchte Hühner, wie Menschen, die eigentlich kein Recht haben, hier zu erscheinen. Ihre Augen flackern ängstlich, ihre leergeweinten Gesichter sind grau. Stehen mehrere von ihnen im Laden, so tanzen die Judensterne vor Frau Rubins Augen wie an einem eigenen Judenhimmel.

Tagsüber kann sie den Anblick dieser kleinen gehetzten Gesellschaft nicht vergessen. Dann kommen die Arier, auch die Frauen der Parteibonzen mit wissenden Gesichtern. Manche werfen Else Rubin einen Blick zu, der sagt: Na ja, was Sie hier machen, ist ja nur von kurzer Dauer. Mit der Zeit verschwinden sie auf Nimmerwiedersehen. Nehmen Sie es nicht so tragisch!

Manche treuen Kunden erscheinen gar nicht mehr. „Ich will mir hier die Hände nicht dreckig machen", sagt die Frau des Bahnhofsvorstehers. „Putzen Sie die Klinke nach Feierabend auch sorgfältig ab?", fragt die Gattin des Medizinalrates und blättert in einem kleinen Stapel von Lebensmittelkarten. Offenbar gehört ihr Mann zu den Privilegierten, die gesonderte Bezugsscheine bekommen. Der Wert einer Lebensmittelkarte lässt sich mit einer goldenen Uhr aufwiegen, so teuer ist sie. Wer sie verliert, erhält keinen Ersatz, muss hungern, wenn kein anderer seine Rationen mit ihm teilt. Brot, Fleisch, Fett, Eier, Marmelade, Zucker nur auf Marken. Schwerst- und Nachtarbeitern stehen Sonderzuteilungen zu. Franz hat kürzlich eine Reichseierkarte gefunden und zur Polizei gebracht. Ob der Besitzer gefunden wird?

Der Junge wächst. „Er schießt geradezu wie wildes Kraut in die Höhe", bemerkt Onkel Gustav. Er steckt seiner Schwester einen Hundertmarkschein zu. „Kauf ihm was Anständiges", sagt er. Als ob das so einfach wäre. Betrittst den Laden, suchst dir eine neue Hose oder ein Jackett aus? Ohne Reichskleiderkarte geht gar nichts. Die hundert Punkte für Textilien darauf sind schnell verbraucht. Socken vier Punkte, ein Pullover 25 Punkte, ein Kleid 45 Punkte. Woher also einen neuen Anzug nehmen? Onkel Gustav ist ein ausgezeichneter Metzger. Alle loben sein Fleisch. Aber die politische Entwicklung geht kommentarlos an ihm vorbei. Er humpelt durch die Geschichte. Je nach Witterung macht ihm der Beinstumpf zu schaffen.

Franz hat ein anderes Problem: Es hat sich im Viertel herumgesprochen, dass Juden freitags nach Feierabend bei seiner Mutter einkaufen dürfen. Nun schallt ihm auf dem Schulhof der Schmähruf „Judenmetz, Judenmetz!" entgegen. Gegen vier, fünf Jungen gleichzeitig richten seine Fäuste nichts aus. Else Rubin sucht den Klassenlehrer auf, um sich zu beschweren, der verweist auf den Rektor. Der Rektor trägt nur Uniform. Es erübrigt sich, mit ihm zu reden. Es wird erst ruhiger, als im offiziellen Verordnungsblatt steht, dass Frau Else Rubin von der Partei zur Abgabe von Fleisch an die jüdische Restbevölkerung verpflichtet worden ist.

„Heute mal keine Rechnung, ein Päckchen für Sie!“, ruft der Postbote und schwenkt auf den Weg zu Familie Rubin ein. Else Rubin ist gerade dabei, im Garten ein paar Tulpen für die Vase zu schneiden. Morgen ist Christi Himmelfahrt, und der Frühstückstisch soll an der Festlichkeit teilhaben. „Feldpost“, sagt der Briefträger und lacht. „Sicher von Ihrem Mann“.

Tatsächlich, Franz Rubin, der Vater, schickt einen Brief und, gesondert verpackt, sieben kleine Steine – Rubine zu einer Kette verarbeitet! „Was Du mir da berichtet hast“, schreibt Franz Rubin, „Deine Auseinandersetzung mit dem Ortsgruppenleiter wegen des Mutterkreuzes, hat mir die Sprache verschlagen. Ich bin so dankbar, dass die Sache halbwegs gut ausgegangen ist. Deshalb schicke ich diese sieben Rubine. Für jedes unserer Kinder einen und für Dich den dicken.“

„Die haben ihn ein Vermögen gekostet“, schluchzt Else Rubin, „die hat er sich bestimmt vom Munde abgespart – und das mitten im Krieg.“

Die Juden kommen nun regelmäßig. Sie sind verlässlich. Wohin sollen sie sonst gehen, wenn nicht zu Frau Rubin? Mit der Zeit werden sie zutraulicher. Sie ahnen wohl, dass Frau Rubin keine Spionin ist, die der Partei über Gespräche berichtet, die im Metzgerladen geführt werden, in der Judenmetzg. Eine Frau, Mitte vierzig, mit rötlichem, an den Seiten leicht ergrautem Haar, berichtet, dass ihre Tochter aus Schweden geschrieben hat. „Sie hat auswandern dürfen und eine neue Heimat gefunden. Wenigstens Rebecca", seufzt die Frau. „Miriam, ihre Zwillingsschwester, ist bei uns. Ihr wurde die Ausreise verwehrt." Die Not um die zweite Tochter erstickt in einem Weinkrampf.

Else Rubin versucht zu trösten. Aber was soll sie sagen? Dass die Tochter sicher bald ihre Reisegenehmigung bekommen wird? Nein, eine Lüge als Trostpflästerchen kommt nicht in Frage. Sie weiß um das Schicksal dieses Volkes. Des auserwählten Volkes, das jetzt auserwählt ist, in die Vernichtungslager zu gehen.

Eines Abends, Frau Rubin hat gerade den letzten Kunden entlassen, erscheint Rabbiner Dr. Kornblum. Dass er noch lebt und noch nicht den Gang in eines der KZs angetreten hat, vermerkt er selbst als ein Wunder. Er hat etwas in ein Tuch eingehüllt, einen Gegenstand, den man von außen nicht erkennen kann. Erst als er sich versichert, dass Frau Rubin die Ladentür verschlossen und ihn ins Büro gebeten hat, enthüllt er das Geheimnis. Es ist die Thora. Die Thora ist der erste Teil des Tanach, der hebräischen Bibel. Sie besteht aus fünf Büchern, weshalb sie im Judentum auch „chamischa chumsche tora" –„die fünf Fünftel der Thora" genannt wird. Der Rabbi nimmt sie aus ihrer Verpackung und legt sie vorsichtig auf den Tisch. Er schaut Else Rubin flehentlich an, als ob er ihre Meinung erwarte. Da Frau Rubin schweigt, ergreift er das Wort: „Ich habe eine große Bitte. Ich wäre Ihnen sehr verbunden, wenn Sie diese Heiligen Schriften aufbewahren könnten. Vielleicht kommen wieder gute Tage, in denen unsere Nachfahren sie nutzen können, vielleicht nicht. Ich habe sie in der Pogromnacht im November 1938 vor dem Zugriff der Nationalsozialisten in Sicherheit bringen können und möchte sie Ihnen anvertrauen. Ich möchte nicht, dass sie ebenfalls Opfer der Vernichtung werden wie so viele Dinge unserer Religion."

Die Augen des Rabbi suchen die seines Gegenübers. Else Rubin ist irritiert und zugleich bereit, den Wunsch zu erfüllen, ohne mögliche Folgen für sich selbst in Erwägung zu ziehen. Die Aufbewahrung kann gefährlich sein. Sie könnte als Komplott, wenigstens als Sympathiegeste gegenüber dem Judentum verstanden werden. Doch sie zögert keinen Augenblick, ihr Einverständnis zu erklären. Unter dem Hühnerstall gibt es einen schmalen Hohlraum. Dorthin wird sie die Heiligen Schriften bringen.

Aber „gute Tage…" Wer glaubt denn an so etwas! Die feindlichen Bombenangriffe nehmen tagtäglich zu. Und wenn sie auch die Kleinstadt nicht treffen, in der Else Rubin zu Hause ist, so bringen sie doch Tod und Verderben über größere Entfernungen. Was hat sie da nur versprochen? Else Rubin erschrickt. Sie hat dem Rabbi Zusagen gemacht, ohne nachzudenken. Ohne das Kalkül des Verrates und Entdeckens in Erwägung zu ziehen. Kinder liefern ihre Eltern bei der Gestapo ans Messer. Wie soll da nicht auch durch Zufall, durch eine neugierige Beobachtung das geheime Versteck entdeckt und verraten werden?

An einem der nächsten Abende kommen die beiden Gestapomänner wieder vorbei.

„Nun, Frau Rubin, alles in Ordnung mit dem Himmelfahrtskommando? Lange werden Sie es nicht mehr zu ertragen haben, dann ist die Arbeit als Judenmetzig vorbei und Sie können wieder aufatmen."

„Oh, sie machen keine Scherereien", beeilt sich Else Rubin zu sagen. „Sie sind ganz friedlich."

Der Jüngere lacht. Er will wieder nach der Löschwiege auf dem Schreibtisch greifen – die hat es ihm wohl angetan –, aber der Ältere schlägt sie ihm aus der Hand. Der Tintenlöscher macht einen Satz und fällt zu Boden.

„Wenn es nötig ist, Frau Rubin, lass ich Ihnen ein paar Gasmasken zukommen", feixt der Ältere.

„Gasmasken, wozu?"

„Um den Geruch der Hebräer besser ertragen zu können, ha, ha."

Frau Rubin lacht nicht. Sie denkt an die armen Tröpfe, die sich jeden Freitag bei ihr einfinden.

„Es ist alles in Ordnung, Herr Kriminalkommissar."

„Dann ist ja alles gut. Heil Hitler, Frau Rubin."

Die beiden Männer gehen. Sie haben viel zu kontrollieren. Samstagabend werden sie sogar bei einigen jüdischen Familien in die Töpfe schauen, ob der Eintopfsonntag auch bei ihnen eingehalten wird. An einem Sonntag im Monat soll das Geld, das gewöhnlich für das übliche Mittagessen ausgegeben wird, durch einen Eintopf ersetzt und das gesparte Geld – hier werden 50 Pfennige veranschlagt – zugunsten der Volksgemeinschaft gespendet werden. Der Gewinn kommt zum Beispiel dem Winterhilfswerk zugute. Natürlich machen sich die nationalsozialistischen Behörden einen Spaß daraus, die Juden dabei zu schikanieren.

Else Rubin wird in die Schule bestellt. Der Rektor höchstpersönlich empfängt sie und macht ihr Vorhaltungen.

„Sie haben einen missratenen Bengel, Frau Rubin. Statt sich an der allgemeinen Ehrung für unseren Führer zu beteiligen, schweigt er und beißt die Lippen aufeinander. Er zeigt sich wenig gemeinschaftlich. Wenn das so weitergeht, ist die Versetzung gefährdet.“

„Das verstehe ich nicht recht“, wagt Frau Rubin einzuwenden. „Ist die Ehrung des Führers denn ein Schulfach, wie Latein oder Mathematik?“

Widerworte ist der Schulleiter nicht gewohnt. „Ich muss doch sehr bitten, Frau Rubin. Die Ehrung des Führers ist Ehrensache und steht noch über den allgemeinen Bildungsangeboten. Ihr Sohn weigert sich, das Vaterunser auf den Führer nachzusprechen.“ Else Rubin kennt es, es stand in der Schülerzeitung „Hilf mit!“, die Franz mit nach Hause gebracht hat.

„Adolf Hitler, du bist unser großer Führer,
Dein Name macht die Feinde erzittern,
Dein Drittes Reich komme,
Dein Wille sei allein Gesetz auf Erden.
Lass uns täglich deine Stimme hören,
Und befehle uns durch deinen Führer,
Denen wir gehorchen wollen unter Einsatz
Unseres eigenen Lebens.
Das geloben wir.
Heil Hitler.“

Im Stillen ist Else Rubin stolz auf ihren Jungen. Der Rektor bemerkt es an ihrem Gesichtsausdruck und runzelt die Stirn. „Ich glaube, wir haben uns nicht verstanden, Frau Rubin. Die Versetzung Ihres Sohnes kann durch eine solche Weigerung verhindert werden."

Frau Rubin antwortet nicht, sie denkt: Wenn das der Maßstab ist, dann darf Franz ruhig sitzenbleiben.

Der Sommer badet sich in der Fülle der Farben. Bunt ist die Welt, voller Gerüche, schön. Rot, Gelb und Grün verdrängen ein wenig das stupide Braun der Uniformen. Die Marschmusik der Hitlerjugend auf dem Marktplatz ist verstummt. Die Todesnachrichten von Vätern und Brüdern häufen sich. Da ist kein Raum mehr für Musik, wohl aber für verlogene Sondermeldungen. Am Himmel ziehen Flugzeuge Kondensstreifen in das Blau. Feindliche Flugzeuge. Sie wittern die Ziele in den großen Städten, entladen immer mehr Bomben über Häuser und Menschen. Der „totale Krieg" ist in vollem Gange. Noch bleibt die Kleinstadt von Bombenangriffen verschont, aber die Übergriffe gegen die Juden und angeblichen Feinde des Staates sind an der Tagesordnung. Plötzlich verschwinden sie aus Straßen, aus Häusern, und mancher fragt heimlich nach ihrem Verbleib. Es gab zwei jüdische Fabriken in der Stadt. Sie sind längst enteignet, „arisiert", wie es heißt. Die Eigentümer wurden gezwungen, sie unter Preis zu verkaufen, wenn sie überhaupt eine Abfindung erhielten. Einer hat es nicht verkraftet, dass sein Lebenswerk und das seiner Vorfahren so preisgünstig unter den Hammer kam. Er hat sich erschossen. Seine Familie soll nach Auschwitz deportiert worden sein. Das weiß kaum jemand, weil niemand darüber spricht und niemand es wagt, Untaten zu verbreiten.

Zwei oder drei Männer sind wegen „Wehrunwürdigkeit“ aus der Wehrmacht entlassen worden. Halbjuden. Sie sind im Stadtbild selten zu sehen, um nicht angepöbelt zu werden. In einer Phase des Krieges, wo es auf jeden Mann ankommt, siegt dennoch die Ideologie mit deutscher Gründlichkeit.

Die Reparatur der Bombenschäden am Haus ist abgeschlossen. Else Rubin hat es fertiggebracht, einige ältere Fachleute aufzutreiben, die gute Arbeit geleistet haben. Das war nicht einfach! Viele Betriebe haben ihre Tätigkeit einstellen müssen, weil die Männer für Führer, Volk und Vaterland im Kampf gegen den Bolschewismus kämpfen – und sterben.

„Julie kommt nach Haus. Du wirst ihr Zimmer räumen müssen“, verkündet die Mutter eines Tages. Franz nickt, sagt nichts. Dann ziehe ich eben wieder unters Dach, denkt er. Er räumt seine wenigen Sachen zusammen, bugsiert sie nach oben. Aus dem Fenster schaut er manchmal in den Nachthimmel. Dieses endlose Lichtermeer, tausend Lichtjahre von ihm entfernt. Was machen wir hier eigentlich?, denkt er. Was tun wir mit diesem Planeten Erde, der doch auch in die großartige Symphonie der Schöpfung gehört?

Julie erscheint. Ein Wehrmachtsauto hat sie nach Hause gebracht. Die Schwester hat ihm selten einen Kuss gegeben, aber jetzt drückt sie ihm ein Schmätzchen auf die Wange. Franz wird rot, Julie lacht und möchte den Vorgang wiederholen. Doch den wehrt der Junge ab.

„Ich werde nicht lange bleiben können“, erzählt Julie beim Abendbrot.

„Gibt es nichts mehr zu schippen?“, fragt Onkel Gustav.

„Warum sollen wir etwas aufbauen, was die Tommis doch wieder kaputtschmeißen?“, entgegnet Julie. „Nein, ich werde jetzt Wehrmachtshelferin.“

„Wie? Du musst in den Krieg?“ Else Rubin lässt vor Schreck einen Teller fallen, der zerbricht.

„Scherben bringen Glück“, brummt Schwager Gustav.

„Ich werde Nachrichtenhelferin im Leitstand der Vierten Flakdivision. Da muss ich wenigstens nicht im Dreck buddeln.“

Die Mutter weiß nicht, ob sie sich darüber freuen soll oder die Sorgen um die Kinder zunehmen.

„Ist das gefährlich?“

„Im Krieg ist alles gefährlich, Mutter. Gestern wurde ein Zug, in dem eine Kameradin saß, von feindlichen Jägern beschossen. Die Leute raus, rechts schräg auf den Bahndamm. Dann drehten die Jabos ab, kamen zurück. Die Menschen rüber auf die andere Seite. Es ist noch mal gutgegangen.“

Else Rubin sitzt am Tisch und bekommt keinen Bissen herunter.

„Morgen ist Freitag, da bin ich Judenmetzig“, sagt sie nur.

Die Frau des Bahnhofsvorstehers kommt jetzt nicht mehr ins Geschäft.

„Da riecht’s mir zu sehr nach Knoblauch“, verkündet sie ihrer Freundin Hildegard.

„Knoblauch gehört doch in manche Wurstsorten, liebe Margarete.“

„Das mag sein, aber diese Sorte ist widerlich, geradezu abstoßend. Ich glaube, sie kommt aus den Mäulern einer bestimmten Kundschaft.“

Die Frau des Bahnhofsvorstehers ist nicht die Einzige, die dem Laden fernbleibt. Wer sich bei der Partei lieb Kind machen will, betritt keinen Boden, auf dem schon Juden gestanden sind, auch wenn sich die nur einmal wöchentlich gegen Abend ’reintrauen und leise ihre Wünsche äußern. Julie hilft bis zu ihrer Einberufung als Nachrichtenhelferin in der Metzgerei aus. Vom Verkauf versteht sie was, denn sie hat eine Lehre in einer Eisenwarenhandlung, die jetzt zu einem militärischen Zulieferungsbetrieb umgemodelt ist, absolviert und ist auch mit dem Handel in Berührung gekommen. Judenmetzig soll sie allerdings nicht sein. Diese Aufgabe behält sich Else Rubin allein vor. Aber an den anderen Tagen ist sie froh, dass Julie ihr einen Teil der Arbeit abnimmt.

Da fast alles rationalisiert ist, hat es Schwager Gustav beim Einkauf von Schlachtvieh immer schwerer. Die Bauern dürfen nur bestimmte Tiere abgeben, kranke Pferde zum Beispiel, die „vom Kriegsdienst befreit“ worden sind, weil sie nun keine Kanonen mehr ziehen können, oder überalterte Milchkühe. Ein Großteil des Fleischbedarfs wandert in die Wehrmachtsküchen, und die Bonzen schneiden sich ebenfalls die saftigsten Stücke ab.

Gelegentlich kommen auch die Brüder Fritz und Heinz, die Flakhelfer, für ein paar Tage heim. Mutter Else ist glücklich, ihre Kinder wieder um den Tisch versammelt zu sehen. Sie denkt: Wenn Vater und Martin jetzt auch hier wären – was wäre das für ein Freudentag!

Eines Freitagabends erscheint Rabbiner Dr. Kornblum. Diesmal trägt er kein Paket unter dem Arm. Else Rubin vermerkt es mit Erleichterung.

„Ich komme, um mich zu bedanken, liebe Frau Rubin“, beginnt der Rabbi, nachdem er sich vergewissert hat, dass niemand in der Nähe ist.

„Sie müssen sich für nichts bedanken, Herr Dr. Kornblum. Ich tue nur meine Pflicht."

Kaum sind die Worte gesprochen, ärgert sie sich. Was soll das: „nur meine Pflicht"? Das Wort ist so ausgeleiert wie eine Schallplatte, die man nicht mehr hören kann. Ganz Deutschland strotzt vor Pflichterfüllung.

„Doch, doch, liebe Frau, Sie tun für uns Juden mehr, als es Ihre Aufgabe ist. Ihre Pflicht wäre, uns zu verachten, uns die Schuld zu geben an allen Übeln, die in der Welt sind. Das tun Sie nicht. Sie sind freundlich, hilfsbereit, sie geben uns mehr als uns zusteht. Das können Sie doch nur, liebe Frau Rubin, wenn Sie auf Ihre eigene Zuteilung verzichten, oder? Ich habe das ausgerechnet: So viele Personen, so viel Gramm Fleisch. Am Ende hat jeder von uns Juden etwas mehr im Einkaufskorb."

Else Rubin ist verlegen. Plötzlich sagt sie, als hätte der Himmel ihr die Worte eingegeben: „Was ihr dem Geringsten meiner Brüder getan habt, das habt ihr mir getan."

Der Rabbi lächelt. Eine Träne löst sich und tropft in den Bart. „So denken nicht viele, Frau Rubin, nicht viele Christen. Dabei war der, der so gesprochen hat, ein Jude wie ich. Ich schätze seine Botschaft."

„Ja, es hätte nicht so weit kommen dürfen wie es gekommen ist", sagt Else Rubin ernst. „Wir hätten es verhindern müssen."

Rabbi Kornblum denkt einen Augenblick nach. „Wir, Sie und ich, liebe Frau Rubin, hätten es nicht verhindern können. Die Politik nach dem Ersten Weltkrieg hat der heutigen Regierung die Wege geebnet. Doch das ist ein Thema für sich. Ich kenne einen Mann, der sich aufgelehnt und uns Juden in Schutz genommen hat. Er befindet sich jetzt als Artillerist in einer Strafkompanie im Osten, nachdem er eine gewisse Zeit im Gefängnis zubringen musste. Gott gebe, dass er noch lebt. Es ist der evangelische Pfarrer Julius von Jans. Nach der sogenannten ‚Reichskristallnacht' hat er in seiner Kirche eine Bußpredigt gehalten, aus der mir Teile geläufig sind: ‚Gotteshäuser, die anderen heilig waren, sind ungestraft niedergebrannt worden', hat er gesagt, ‚und das fremde Eigentum wurde geraubt oder zerstört. Männer, die unserem deutschen Volk treu gedient und ihre Pflicht gewissenhaft erfüllt haben, wurden ins KZ geworfen, bloß weil sie einer anderen Rasse angehörten.' Ja, solche Worte sind gefallen, Frau Rubin, sie hätten nur zu einem Chor, zu einem Aufschrei gegen das Unrecht werden müssen."

Vor der Ladentür entsteht Unruhe. Ein junger aufgebrachter SS-Mann begehrt Einlass, obgleich ihn einige Passanten davon abhalten wollen. Er schnauzt sie an, aber man kann ihn nicht verstehen. Offensichtlich ist er betrunken. Zweimal setzt er an, dann stolpert er über die Schwelle in den Verkaufsraum, blickt sich mit glasigen Augen um. „Aha, die Judenmetzig. Und du, Judenbübel, stehst wohl um deinen saftigen Sonntagsbraten an, ja? Aber vorher wird gebetet: ‚Hände falten, Köpfchen senken und an Adolf Hitler denken. Kapiert?' "

Er wankt auf den Rabbi zu, fasst ihn am Bart. „Hast kein Rasiermesser, was? Wir haben zu Hause eine Sense, damit könnte ich dich balbieren. Lohnt sich aber nicht mehr. Jahwe erwartet dich. Die Fahrkarte ist schon gekauft." Und damit macht er ein Zeichen, das eindeutig ist.

„Lassen Sie den Herrn in Ruhe. Er ist mein Gast!"

Else Rubin schiebt den SS-Mann zur Seite und stellt sich vor Dr. Kornblum.

„Was, kleine Hexe, auch noch frech werden? Bist wohl seine Schickse, was?“ Er holt aus und knallt Else Rubin seine flache Hand ins Gesicht. Sie schlägt rückwärts gegen die Ladentheke. Einen Augenblick liegt sie wie benommen, dann rappelt sie sich auf, Blut tropft aus der Nase auf den weißen Berufskittel. Der Rabbi greift nach dem rauen aber sauberen Einpackpapier, das auf der Theke liegt, und hält ihr zwei Blätter hin. Die Blutung ist bald gestoppt. Der SS-Mann scheint einen Augenblick perplex zu sein wegen der Wirkung, die seine Ohrfeige erzielt hat, dann gewinnt seine Frechheit wieder Oberwasser. „Juda, verrecke!“, schreit er.

Die Passanten vor der Ladentür haben mitbekommen, was passiert ist. Einer ist inzwischen zum Fernsprechhäuschen gelaufen und hat die Nummer der Polizei gewählt. Es dauert, bis zwei Polizeibeamte erscheinen. Als sie feststellen, dass es sich um einen Angehörigen der SS handelt, winken sie uninteressiert ab. „Wir konstatieren, dass dieser SS-Mann sich durch die Anwesenheit des Juden provoziert fühlt.“ Sie nehmen nicht einmal die Personalien auf.

Die geschrumpfte jüdische Bevölkerung wagt sich freitags immer seltener in die Judenmetzg. Die Hitlerjungen haben sich verabredet und halten sich in der Zeit ab 18 Uhr in der Hindenburgstraße auf. Sie johlen, wenn die armen, ausgestoßenen Menschen vorbeischleichen, um ihre spärliche Fleischration in Empfang zu nehmen. Manche lassen sich ihre Zuteilung deshalb durch Nachbarn abholen, weil sie die Pöbeleien nicht mehr ertragen können. Schließlich kommt einer und hat die Bezugsscheine für vier Familien dabei.

„Ach, ich kenne Sie doch, Herr…, Herr Grünewald?“, fragt Frau Rubin. „Sie waren Solist im Oboenkonzert von Mozart. Sie haben so wunderbar gespielt.“

„Wirklich, daran erinnern Sie sich? Wie schön. Ich spiele seit Jahren nicht mehr. Die großen Musiker jüdischen Glaubens sind verfemt. Der Bronzeteil des schönen Mendelssohn-Denkmals in Leipzig ist einer Metallspende des Deutschen Volkes an den Führer zum Opfer gefallen und wahrscheinlich eingeschmolzen worden. Was ist nur aus uns geworden?!"

Kopfschüttelnd verlässt Aron Grünewald die Fleischerei.

Jetzt wird die Fummelei mit den Lebensmittelkarten noch schwieriger. Sie alle auseinanderzuhalten und richtig einzuordnen, ist ein zeitraubendes Kunststück.

Einmal kommt der frühere Kantor der jüdischen Gemeinde. Als er sich unbeobachtet wähnt, reicht er Frau Rubin ein Papierstück. „Stecken Sie es bitte in die Zuteilung für Mosche Grünspan." Else Rubin nickt, schiebt den Zettel in die Schublade. Später, als Mosche Grünspan seine Ration abholt, erfährt sie, was notiert ist: „Gertrud, Mauthausen, Block IX."

Jetzt muss Else Rubin doppelt achtgeben. Jetzt wird sie zur Botin, zur Vermittlerin von Nachrichten. Darunter sind Todesbotschaften. Durch die Weitergabe macht sie sich strafbar. Abends im Bett, wenn sie den Tag überdenkt und ihre Lieben und sich dem Schutz Gottes anvertraut, betet sie den Psalm 23.

Der HERR ist mein Hirte,
mir wird nichts mangeln.
Er weidet mich auf einer grünen Aue
und führet mich zum frischen Wasser.
Er erquicket meine Seele.
Er führet mich auf rechter Straße

um seines Namens willen.
Und ob ich schon wanderte im finstern Tal,
fürchte ich kein Unglück;
denn du bist bei mir,
dein Stecken und Stab trösten mich.
Du bereitest vor mir einen Tisch
im Angesicht meiner Feinde.
Du salbest mein Haupt mit Öl
und schenkest mir voll ein.
Gutes und Barmherzigkeit
werden mir folgen mein Leben lang,
und ich werde bleiben
im Hause des HERRN immerdar.

Darin liegt so viel Trost, so viel Hoffnung. aber auch so viel Enttäuschung. In diesen Tagen wären andere Psalmen angebracht: „O Gott, hörst du nicht meinen Hilfeschrei?“ oder: „Herr, du lässt mich deinen Zorn spüren. Ich flehe dich an: Strafe mich nicht länger! Hab Erbarmen mit mir, Herr, ich kann nicht mehr!“ Und dann heißt es auch: „Herr, warum bist du so weit weg? Warum lässt du uns im Dunkeln umherirren, wenn wir dich am nötigsten brauchen?“

Die Juden kennen alle diese Psalmen. Einmal beginnt eine ältere Frau, einen vor versammelter Kundschaft zu beten, und schon fallen die anderen ein. Unter den Augen von Rabbi Dr. Kornblum verwandelt sich die Judenmetzgerei in ein Bethaus, aus dem ein Hilfeschrei in den Himmel steigt. Doch der Himmel antwortet nicht. Stellt Gott sich tot?

Der Tod kommt im Schlepp von Pfarrer Arnold daher. Der Pfarrer erscheint nach acht. Es ist still auf den Straßen. Manche Leute sitzen in den Vorgärten, ruhen sich aus, halten einen Schwatz mit dem Nachbarn über den Gartenzaun hinweg. Else Rubin ahnt gleich, dass etwas nicht in Ordnung ist. Der Pfarrer sieht bedrückt aus. Im Wohnzimmer der Familie versammelt er, die im Hause sind: Else Rubin, ihren Schwager Gustav, die Tochter Julie und den Sohn Franz. Er zieht ein Dokument aus der Tasche, das das Hoheitszeichen der Luftwaffe trägt – den fliegenden Adler, der das Hakenkreuz in seinen Klauen hält.

„Ich muss Ihnen die betrübliche Nachricht überbringen…"

Martin ist tot. Abgeschossen im Luftkampf über den Ardennen.

Mutter Else bricht auf dem Stuhl zusammen. Ihr Gesicht erstarrt unter dem Schmerz. Nur ein Stöhnen entringt sich ihrer Kehle. Komisch, schießt es ihr durch den Kopf, dass ich nicht weinen kann. Dass mir keine Tränen kommen. Julie beugt sich über sie und nimmt sie in ihre Arme. Franz ist wie versteinert. Onkel Gustav steht auf zitternden Beinen. Dann schreit er: „Der Dübel soll ihn holen!" Alle wissen, wer gemeint ist: Adolf Hitler, der unzählige junge Männer in den Krieg schickt und verheizt.

Morgen ist Freitag, denkt Else Rubin. Morgen kommen meine lieben Kunden in den Abendstunden in die Fleischerei. Ich muss fit sein, ich darf sie nicht merken lassen, dass ich ein Kind verloren habe. Sie haben schon ganze Familien verloren, ja, Familien mit Vätern, Müttern und Kindern. Gott, wo warst du? Wo hast du dich versteckt? Wo dich herumgetrieben, als mein Sohn abgeschossen wurde? Hättest du deine Hand nicht unter ihn halten können, damit er nicht auf die harte Erde krachte? Jeder Mensch ist so in Gottes Hand, als wäre er seine einzige Sorge. Irgendwo hat Else Rubin diesen Spruch gelesen. Ein Trostwort, von der Wirklichkeit Lügen gestraft.

Franz zieht sich in sein Dachbodenzimmer zurück und wirft sich aufs Bett; er weint.

„Ich gehe da nicht hin", schluchzt Julie, „ich trete meinen Dienst nicht an. Ich will mit denen nichts mehr zu tun haben." Jeder weiß, was sie meint. Kaum einer noch will mit denen etwas zu tun haben, außer den Fanatikern, die immer noch glauben, das Dritte Reich würde tausend Jahre bestehen und ihnen den Himmel auf Erden bescheren.

Pfarrer Arnold bleibt lange an diesem Abend. Er redet nichts, er sitzt einfach da, die Hände gefaltet, und leistet der trauernden Mutter Gesellschaft. Onkel Gustav steht im Hof und pafft seine Pfeife. Man hört ihn zwischendurch fluchen, Verwünschungen, die keine Veränderung bewirken.

„Kann ich ihn noch einmal sehen?", fragt Else Rubin und meint ihren Sohn.

„Davon rät die Luftwaffe ab", sagt der Pfarrer. „Er wird sein Grab auf einem der Heldenfriedhöfe finden. An jenem Tag sind noch zwei weitere Kameraden gefallen. Sie, Frau Rubin, und alle Familienangehörigen werden, wenn möglich, zur Abschiedsfeier eingeladen. Ich werde mit Ihnen reisen."

Doch dazu kommt es nicht mehr. Die Frontlage verbietet es.

Else Rubin trägt keine Trauerkleidung. Sie will die Welt nicht noch dunkler machen als sie ist. Sie trägt den üblichen Rock, eine schlichte Bluse und die Metzgerschürze darüber. Aus der Stadt kommen viele, um zu kondolieren. Denn die Zeitung berichtet vom heldenhaften Abwehrkampf der jungen Piloten gegen einen übermächtigen Feind. Auch von denen, die die Judenmetzg bisher gemieden haben, stellen sich zwei, drei Frauen ein. Die Gattin des Medizinalrates kondoliert mit einem gewaltigen Bouquet. „Er hat seine Pflicht getan. Er ist ein Held“, sagt sie. „Seien Sie stolz auf ihn!“

Nachts betrachtet Else Rubin die Fotos, die ihr Mann vor Kriegsausbruch von der Familie gemacht hat. Die unschuldigen Gesichter ihrer beiden Kinder. Wer hätte damals geahnt, was ihnen bevorstehen würde?

Kurz vor Ladenschluss erscheint Rabbiner Dr. Kornblum, gefolgt von zehn Mitgliedern seiner Gemeinde. Dass sie sich alle aus dem Haus trauen und sich dem Spott der Öffentlichkeit aussetzen, rechnet Else Rubin ihnen hoch an. Sie legen ihre Lebensmittelkarten wortlos auf die Vitrine. Nein, sie sind nicht gekommen, ihre Ration abzuholen. Niemand will Fleisch in Empfang nehmen. Diese Bezugsscheine schenken sie Else Rubin, die um ihren Sohn trauert. Dr. Kornblum getraut sich, die Metzgersfrau zu umarmen, scheu, aus gewisser Distanz. Er ist sich bewusst, dass ein Angehöriger einer minderwertigen Rasse eine Arierin schwer beleidigen könnte, wenn er so handelt. Doch Else Rubin erwidert die Umarmung herzlich, und sie nimmt auch die anderen Juden in die Arme, Männer wie Frauen. Wie nah sind sie sich doch, wie eng miteinander verbunden im Leid. Und im gemeinsamen Glauben an den Allerhöchsten.

Ganz leise beginnt Dr. Kornblum zu singen. Es ist das Kaddisch, das Totengebet der Juden.

„Erhoben und geheiligt, sein großer Name,
in der Welt die er erneuern wird.
Uleachaja Metaja, uleasaka jatehon leChajej Alma,
Er belebt die Toten,
und führt sie empor zu ewigem Leben,
ulemiwnej Karta di-Jeruschelejm
Er erbaut die Stadt Jiruschalajim
uleschachelala Hejcheleh beGawah,
und errichtet seinen Tempel auf ihren Höhen,
ulemaeeakar Palchana nucheratah min-Areaa,
Er tilgt die Götzendienerei von der Erde
welaatawa Palchana di-Schmaja leAtra,
und bringt den Dienst des Himmels
wieder an seine Stelle,
wejamlich Kudescha berich hu beMalchuteh Wikareh
und regieren wird der Heilige, gelobt sei er, in seinem Reiche und in seiner Herrlichkeit,
beChajejchon uweJomejchon
in eurem Leben und in euren Tagen
ubeChajej dechal-Bejt Jiserael
und im Leben des ganzen Hauses Israel
baAgala uwiSeman kariw,
schnell und in naher Zeit,
weimeru Amejn.
Und sprechet: Amen.

Gustav wird zur Landwehr abkommandiert. Diese Tage sind erfüllt von Kommandos. Es wird befohlen, es wird gehorcht. An zwei Nachmittagen soll Onkel Gustav vor der kleinen Stadt in einem bestimmten Bezirk nach feindlichen Piloten Ausschau halten. Man übergibt ihm feierlich einen Karabiner und eine Armbinde, die ihn befugt, eine Waffe zu tragen. Onkel Gustav ist schlecht zu Fuß. Franz soll ihn begleiten. An der Seite des Onkels marschiert Franz auf der Chaussee zum Nachbarort und wieder zurück. Hier blühten die Obstbäume im Frühling, und im Herbst werden die Bäume von einem der Stadtbediensteten an interessierte Haushalte für einen Spottpreis „versteigert". Da hier kaum Autos fahren, sind die Äpfel von Abgasen unbelastet.

„Warum müssen wir hier hin- und herlaufen?", fragt Franz. Der Weg langweilt ihn.

„Vielleicht fangen wir einen Piloten", erwidert Gustav, doch es klingt nicht überzeugend.

„Du meinst, wenn einer abgeschossen ist?"

„Ja. Wenn einer sicher auf dem Boden landet, versucht er bestimmt, sich zu seinen Kameraden durchzuschlagen oder in sein Heimatland zu kommen."

„Und den sollen wir fangen?"

„Ja."

Franz ist kein Feigling, aber mit einem bewaffneten und trainierten Piloten möchte er es nicht zu tun bekommen. O je, denkt er, Martin ist doch ebenfalls Pilot, Flugzeugführer gewesen. Als er abgeschossen wurde, befand er sich da in einer ähnlichen Lage? Wollte zu seinen Kameraden? Nach Hause? Oder war er gleich tot?

„Weißt du", fügt der Onkel Gustav nach einer Weile hinzu, „wenn wir Glück haben, fangen wir einen und befördern ihn ins Spritzenhaus."

Lieber nicht, überlegt Franz. Er blickt verstohlen auf den Onkel, der neben ihm her humpelt. Der macht auch nicht den Eindruck eines mutigen Kämpfers. Mit Tieren kann er umgehen, aber mit dem Feind?

„Und dann?"

„Dann holen die ‚Kettenhunde' ihn dort ab und bringen ihn ins Kriegsgefangenenlager."

Franz kennt Hunde, die an der Kette liegen. Die lässt man lieber nicht frei herumlaufen und Piloten fangen.

Onkel Gustav sieht Franz' zweifelndes Gesicht.

„‚Kettenhunde' nennt man die Feldgendarmerie."

„Feldgendarmerie. Und was geschieht dann?"

„Weiß der Kuckuck, was dann ist, Junge. Die Piloten werden in ein Lager kommen und in der Gefangenschaft arbeiten, denke ich, und vielleicht das reparieren helfen, was sie vorher kaputtgeschmissen haben."

Das leuchtet Franz ein. Sollen sie nur ordentlich herangenommen werden. Jemand hat ihm weisgemacht, dass sich abgeschossene Piloten bis zum Einbruch der Nacht gern in Wäldern oder Straßengräben verstecken. Manchmal sprängen sie aus den Gräben hervor, ein Messer zwischen den Zähnen oder eine Pistole im Anschlag. Franz sieht wieder auf seinen Onkel. Das Gewehr hängt lässig an seiner Schulter. Wenn jetzt wirklich ein Feind aus dem Hinterhalt hervorspränge – Onkel Gustav würde keine Gelegenheit haben, das Gewehr auf ihn zu richten. Franz glaubt, der Onkel wäre jetzt lieber in seinem Stall oder in der Wurststube. Dort ruht die Arbeit, bis er wieder da ist, und Mutter muss die Kundschaft vertrösten.

Einmal sehen Onkel Gustav und er – es ist Gott sei Dank recht weit weg – nach einem Luftkampf zwischen zwei Maschinen einen Fallschirm zur Erde gleiten. Ist es ein deutscher oder ein feindlicher?

Nicht überall werden abgeschossene Feindflieger ohne ernste Zwischenfälle gefangengenommen. Manchmal droht ihnen Lynchjustiz, wenn deutsches Militär oder besonnene Bürger nicht einschreiten. Die Wut auf die Piloten, die ihre

Häuser zerstört haben, ist bei vielen Menschen groß. Doch es gibt auch Zeichen von Feindesliebe, wenn verletzte Piloten zunächst von der Bevölkerung versorgt werden, bevor sie in Gefangenschaft kommen. Solche verbotenen Hilfsleistungen können die Helfer allerdings auch teuer zu stehen kommen.

Gott sei Dank ist die Landwehrzeit für Onkel Gustav nur von kurzer Dauer. Er wird „freigestellt“, denn ohne ihn läuft der Metzgerbetrieb nicht, und die Versorgung der Bevölkerung mit Fleisch ist in diesem Stadtbezirk nicht gewährleistet.

Inzwischen sind auch kleinere Städte Ziele alliierter Feindflüge. Man kann nicht mehr von verirrten Bomben sprechen, die auf Häuser und Plätze niedergehen, sondern die Angriffe erfolgen absichtlich und nach Plan. Rüstungsbetriebe existieren zwar nicht, auch sonst ist die Infrastruktur eher ländlich geprägt, aber es gibt den Bahnhof, an dem sich zwei Eisenbahnlinien treffen, und von dem die Kleinbahn ins Land abgeht. Dieser Knotenpunkt könnte ins Visier der feindlichen Flieger geraten, denken die Behörden. Die Gattin des Bahnhofsvorstehers ist ganz aufgeregt, wenn sie auf der Straße mit Nachbarn und Freunden spricht. Nein, diese Verantwortung, die ihr Mann jetzt zusätzlich trägt! Er muss alles durchplanen für den Ernstfall, Rettungsmaßnahmen vorbereiten, die Bahnbediensteten trainieren. Er höchstpersönlich lernt die Feuerpatsche bedienen, wenn Brandbomben auf das Bahnhofsdach fallen. Er kommt manchmal erst nach acht nach Hause, wo sein Dienst doch offiziell nur bis fünf geht. Wie schade, dass das gemeinsame Abendessen oftmals auf der Kippe steht! Die Gattin spricht von einem „Notfall A“ und einem „Notfall B“. Aber was das im Einzelnen zu bedeuten hat, weiß sie nicht.

Die vermeintlich bombensicheren Unterstände in der Stadt sind längst erfasst. Jeder Haushalt soll einen Plan besitzen, in dem diese Knotenpunkte eingezeichnet sind und sie möglichst im Kopf haben. Ist man unterwegs, und es gibt Fliegeralarm, weiß man gleich, wo der nächste Unterschlupf ist.

Ganz sichere Unterstände gibt es eigentlich nicht. In der Krypta des Domes sei man relativ sicher, heißt es. Spötter sagen, wenn man dort zu Tode käme, müsse man nicht eigens beerdigt werden. Man ruhe dann in der Gruft in angenehmer Gesellschaft der verstorbenen Bischöfe. Das Rathaus verfüge über einen bombensicheren Keller, betont die Stadtverwaltung. Doch es fehlt im Falle des Falles der Notausgang. Die Fenster sind zu schmal, um sich dort hinauszuzwängen. Doch der Platz reiche, um die Toten herauszuziehen, lautet ein bissiger Kommentar. Aber das darf man nicht laut sagen. Hier greift nun das „Heimtückegesetz", das öffentliche Kritik an den Maßnahmen der Regierung unter Strafe stellt.

An vielen Häusern befinden sich weiße, im Dunkeln leuchtende pfeilartige Hinweise auf die Benutzbarkeit der Keller bei Bombenangriffen. Auch die Judenmetzg wird damit versehen, wobei man weniger an die jüdische, sondern die arische Kundschaft denkt. Selbst der Keller unter dem Viehstall wird zum Schutzbunker deklariert.

Die Nacht ist dunkel, doch nicht rabenschwarz. Über „Pastors Wald" schimmern einige Sterne, Blinklichter aus einer anderen Welt. Der städtische Bedienstete Reineke ist noch spät unterwegs. Er geht mitten auf der Hindenburgstraße und lässt seinen Blick über die Dächer der Häuser schweifen. Genauer: Er hat die Schornsteine im Blick, ob außer dem Rauch vielleicht auch ein paar Funken zu sehen wären. Die, so behauptet die Parteileitung, zögen feindliche Bomber an, die in diesen Tagen ständig unterwegs sind auf dem Weg nach Hannover, Magdeburg oder Berlin. Die könnten ihre tödliche Last versehentlich auch über der Kleinstadt abwerfen. Der städtische Bedienstete hat sein Lachen unterdrücken müssen, als er den sonderbaren Befehl zur Funkenschau erhielt. Doch offenbar ist er nicht vorsichtig genug gewesen. Denn der Parteibonze hat ihn mit gefurchter Stirn angeschaut. „Nimmst mich wohl nicht ernst, Friedrich, was?"

„Doch, doch, aber ich glaube nicht, dass hier Bomben fallen."

„So?"

„Ja, ich vertraue unserer Abwehr. Unsere Jäger sind schneller als die feindlichen Flieger."

Die Falte auf der Stirn des NSDAP-Mannes war verflogen. Reineke lobt sich im Stillen, dass ihm diese Ausrede rechtzeitig eingefallen war, obschon er seinen eigenen Worten nicht traute.

„Ja, ja, unsere Abwehr..." Der Blick des Mannes mit Hitlerschnäuzer verlor sich ins Weite. „Wir haben natürlich Luftüberlegenheit, das ist klar. Aber wir müssen hellhörig sein, für eventuelle Fälle, verstehst du? Deshalb ist Vorsicht die Mutter der Porzellankiste."

Reineke hat genickt, „Heil Hitler" gebrummt und sich auf den Weg gemacht.

Nun geht er also durch die nächtlichen Straßen, den Blick nach oben wie „Hans guck in die Luft". Die Schornsteine sehen wie halb gerauchte Stumpen aus. Aus einigen kräuselt noch Rauch, andere sind ihres Qualms überdrüssig und starren ins Leere. Da hört Reineke plötzlich hastige Schritte hinter sich. Ein Mann, einen kleinen Lederkoffer in der linken Hand, nimmt die Haustüren in Augenschein. Offenbar sucht er eine bestimmte Hausnummer, die jetzt in der Dunkelheit nicht zu entziffern ist, denn die Straßenlampen brennen während des Krieges nicht.

„Oh, welche Wohltat, einen Einheimischen zu sehen!“, ruft der Fremde. „Entschuldigung, der Heilige Geist schickt mich, und ich suche das Haus Nummer 45. Dort soll, wie man mir sagte, ein Zimmer frei sein.“

„Der Heilige Geist?“ Der städtische Bedienstete starrt auf den Fremden. Nein, verrückt sieht der nicht aus.

„Ach, quatsch, Heiliger Geist! Entschuldigung! Heilig Kreuz! Die Abtei vom Heiligen Kreuz! Ich bin dort heute am Spätabend angekommen. Aber es sind bereits viele Ausgebombte dort untergebracht. Sie haben keinen Platz mehr für mich und mir diese Adresse in die Hand gedrückt.“

Der Mann zieht einen Zettel aus der Manteltasche und hält ihn Reineke entgegen. Der reißt kurz ein Streichholz an. „Ah, da sind sie ja gleich am Ziel. Das Haus dort vorn rechts. Das mit den doppelten Eingangstüren. Ja, dort übernachten gelegentlich Gäste aus dem Kloster. Die Burg oben ist ja auch total belegt mit Evakuierten.“

Der Mann dankt überschwänglich und geht schnell auf das angegebene Haus zu.

Reineke dreht weiter seine Runde. Im Gasthaus „Carl der Große“ schimmert ein Lichtstreifen neben einem der abgedunkelten Fenster. Der städtische Bedienstete überlegt, ob er an die Haustür klopfen oder die Sache auf sich beruhen lassen soll. Die ganzen Warnvorschriften sind ohnehin unsinnig und überflüssig.

Der betörende Duft der beiden großen Linden an der Kirche schlägt Reineke einen Augenblick lang in seinen Bann. Aus einer Gasse nähern sich die unterdrückten Geräusche eines Karrenwagens. Kurz darauf treten zwei Männer aus der Dunkelheit. Sie bewegen sich mit großer Vorsicht. Die Räder des Wagens, vor dem ein mageres Pferd läuft, sind mit Lumpen umwickelt, um die Geräusche abzumildern. Vor dem alten Kohlbergschen Haus bleiben die Männer stehen. Eine Taschenlampe blitzt kurz auf, beleuchtet die steile Treppe, die zum Gebäude führt. Die Tür öffnet sich, und eine Hand macht eine einladende Bewegung. Es fällt kein Wort.

Was hat das zu bedeuten? Reineke tritt hinter eine Mauerecke des Kirchturmes. Hier kann er beobachten, was sich tut. Die alte Ida Kohlberg ist gestorben, das weiß er. Als Jüdin darf sie auf einer christlichen Ruhestätte nicht beerdigt werden. Aber Juden auf ihren Friedhöfen zu bestatten, ist von den Nationalsozialisten auch verboten worden. Nach einer Weile kommen drei Männer aus dem Haus. Sie tragen unter größter Vorsicht den Sarg mit der Toten die Treppe hinunter und befestigen ihn auf dem bereitstehenden Karren. Die Männer verständigen sich durch Zeichen. Einer verschwindet wieder im Haus, vielleicht um „klar Schiff" zu machen, aufzuräumen. Die beiden anderen lassen den Gaul vor dem Totengefährt äußerst behutsam bergan gehen, an der über ihnen aufragenden Burg vorbei, deren ausgebombte Gäste jetzt schlafen. Das Kloster liegt wie ein dunkler unumstößlicher Felsblock linker Hand. Noch ein paar Stunden, dann würden die Schwestern sich zum ersten Morgenlob Gottes in der Kirche versammeln. An der Teichlinde machen die Männer kurze Rast. Sie vergewissern sich, dass es in ihrer Umgebung ruhig bleibt, denn trotz der Ummantelung der

Wagenräder mit Stoff- und Tuchresten lassen sich Geräusche auf dem steinigen, von Spurrillen durchzogenen Weg nicht völlig vermeiden. Sie ahnen nicht, dass Reineke ihnen in geziemendem Abstand folgt, um mögliche Gefahren rechtzeitig zu erkennen. Wenn nichts von dieser nächtlichen Bestattung an die Öffentlichkeit dringt, ist die Wahrscheinlichkeit, dass sie publik wird, so gut wie ausgeschlossen.

Jetzt tritt der Mond hinter den Wolken hervor und beleuchtet silberbleich den Wiesengrund und das Geflecht aus dicht stehenden Tannen, wilden Apfelbäumen und Holunderbüschen. Einerseits ist es nun leichter, den Boden mit den Baumwurzeln und vorspringenden Bergnarben zu erkennen, zum anderen aber ist der Trauerzug von der Straße aus leicht einsehbar. Doch es ist unwahrscheinlich, dass um diese Zeit noch ein Fahrzeug oder ein Fußgänger unterwegs ist.

Die Männer waren bis auf die gestrigen Abendstunden jahrelang nicht auf dem Judenfriedhof gewesen. Denn hier war schon wenigstens ein Jahrzehnt niemand mehr beerdigt worden. Im Haus Kohlberg sind, wie sonst bei jüdischen Begräbnissen üblich, keine Frauen zusammengekommen, um der Toten Kleider aus gewöhnlichem Leinen, einfach zugeschnitten und mit der Hand grob genäht, anzulegen, den Leichnam zu waschen und ihm die letzte Ehre zu erweisen. Der Abschied von der irdischen Welt ist bei Juden voller Rituale. Der verschwiegene Schreiner und Sargmacher hat seine Pflicht getan. Doch wie die Tote unter die Erde kommen soll, hat er dem Bürgermeister überlassen. Der hat nur um Diskretion gebeten.

Der Friedhof ist im jüdischen Verständnis gleichwertig mit einer Synagoge. Er ist „Beit Hakwarot“, das Haus der Gräber, aber auch „Beit Hachajim“, die Wohnung der Lebenden. Der Friedhof steigt terrassenförmig an. In Dreier- oder Viererreihen stehen und liegen die Grabsteine, bemoost, mit Efeu und Grünspan besetzt. Die Inschriften sind mit den Jahren verblasst. Einige tragen als Sterbedatum eine Zahl, die sich auf die jüdische Jahreszählung bezieht und für einen Christen ein Geheimnis mit sieben Siegeln bleibt.

Jetzt endlich brechen die Männer ihr Schweigen.

„Wie herum?“

„Was – wie herum?“

„Wie sollen wir den Sarg in die Erde bringen? Kopf nach Westen oder Osten?“

„Ich denke, wir machen es wie bei uns“, erklärt der andere. „Blick nach Osten, der aufgehenden Sonne zu.“

„Oder dem Jüngsten Gericht.“

„Von mir aus. Die Juden schauen nach Jerusalem, habe ich mal gehört.“

„Gut, dann liegt Ida ja richtig.“

Das Grab ist rasch zugeschaufelt. Direkt neben Siegfried, ihrem 1927 verstorbenen Mann.

„Ihr Sohn Ernst liegt in Frankreich begraben. Ist im Ersten Weltkrieg gefallen.“

„Ja, ja“, sagt der Erste. „Sein Name steht auf dem Ehrenmal in der Kirche. Hat für unser Land gekämpft wie seine christlichen Kameraden.“

„Hoffentlich kriegen die Söhne mit, dass ihre Mutter gestorben ist“, sagt der andere Mann und weist mit einer Kopfbewegung auf das geschlossene Grab.

„Falls sie der Verfolgung entgangen sind und noch leben.“

„Komm, wir müssen die Umgebung neutralisieren“, schlägt der erste Mann vor. Was er damit meint, setzt er sofort in die Tat um. Da keine Harke zur Verfügung steht, schiebt er mit den Schuhen kleine Äste und Laubreste zusammen und streut sie auf die Stelle, unter der der Sarg liegt. Es ist unwahrscheinlich, dass jemand dem Friedhof einen Besuch abstattet, doch man kann nie wissen …

Der städtische Bedienstete Reineke zieht sich unbemerkt zurück. Bevor die beiden Männer den Friedhof verlassen, begibt er sich auf den Heimweg. Eine Handvoll Menschlichkeit, denkt er und schiebt sich ein Stück Kautabak in den Mund, ist doch viel mehr wert als die blöde Ausschau nach Feuerfunken.

Frau Frank bleibt heute etwas länger in der Judenmetzg. Es scheint, dass sie etwas auf dem Herzen hat. Sie wartet, bis ihre Leidensgenossinnen abgezogen sind, dann sagt sie: „Ich habe keine Gelegenheit, alles aufzuschreiben, was mich bewegt und was ich in meinem Gedächtnis bewahre. Ich möchte, dass Sie, liebe Frau Rubin, etwas von dem erfahren, was ich in unserer Synagoge, die ja längst nicht mehr ist, erlebt habe. Ich möchte es mir einfach vom Herzen reden, wenn Sie verstehen. Es sind Erinnerungen, die verblassen, und die weg sind, wenn ich weg bin."

Frau Rubin bittet Frau Frank ins Nebenzimmer, obgleich sie jetzt eigentlich an den Kochtopf müsste. Dann erzählt die Jüdin. Frau Rubin unterbricht sie nicht.

„Die Synagoge stand in einer schmalen Seitenstraße an einem stillen Platz. Schon als kleines Kind, kurz nach dem Ende des Ersten Weltkrieges, hatte sie eine besondere Bedeutung für mich. Sie war nur noch an den hohen Feiertagen geöffnet. Am Schabbat gab es dort schon lange keinen Gottesdienst mehr. Zu allen Festen kam ein Vorbeter von außerhalb, ich weiß noch seinen Namen, Isi Israel. Er war kaum älter als wir jungen Leute, aber im Unterschied zu uns hatte er eine Talmud-Thora-Schule besucht. Immer kam er schon einen Tag vor dem Fest und war dann unser Gast. Meine Eltern nahmen ihn bei sich auf.

Rosch-Ha-Schana, der Neujahrstag, ist der erste der insgesamt zehn sogenannten Bußtage. Sie enden mit dem Großen Versöhnungstag, Jom Kippur. In Israel gehen die Männer am ersten Bußtag schon vor Morgengrauen in die Synagoge, um die entsprechenden Gebete zu beten. Bei uns gab es das nicht. Dort begann das Neujahrsfest zuhause in der Familie. Nachdem sich alle versammelt hatten, zündete meine Mutter die Lichter für das Fest an. Dann nahm mein Vater sie mit großer Herzlichkeit in seine Arme, wünschte ihr ein großes Fest und ein glückliches und gesundes neues Jahr und fügte hinzu, dass er dasselbe auch allen übrigen Anwesenden wünsche…

Am nächsten Morgen wanderten meine Eltern schon um acht Uhr zu Fuß über den Kuhberg zur Synagoge. Wir Kinder kamen später nach, damit wir den langen Gottesdienst nicht störten. Als wir noch klein waren, ging eines unserer Mädchen mit uns bis zur Höhe. Von dort sahen wir schon die Dächer und auch das Haus und den Hof der Schäferei, an der unser Vater mit Aktien beteiligt war. Am Carlsplatz stand eine Bank. Meistens ruhten wir dort ein wenig. Meine Schwester musste immer in Bewegung sein. Es störte sie sehr, dass sie von unserer Mutter genau Anweisungen erhielt, wie wir uns im Gottesdienst verhalten sollten: nicht laut sein, nicht stören, leise gehen, nicht sprechen… Sie fand auch die Synagoge und die Atmosphäre dort nicht feierlich und war im Gegensatz zu mir überhaupt nicht beeindruckt.

Das Innere der Synagoge habe ich noch genau vor Augen. Einige der Glasfenster waren bunt, an anderen hingen weiße Gardinen aus Stoff. Unten saßen nur die Männer. Sie trugen an Rosch-Ha-Schana und auch am Jom Kippur ihr weißes Totengewand, den Kittel. Uns als Kinder erschien das ausgesprochen seltsam, aber meine Mutter stand auf dem Standpunkt, solange wir nicht erwachsen wären, hätte es keinen Zweck, uns den Sinn dieser Kleider zu erklären.

Wenn wir ankamen, dann durften wir nur einmal zu den Männern gehen, um unserem Vater, unserem Onkel und auch den übrigen ‚Frohes Fest' zu wünschen. Der Anblick der heiligen Lade mit dem Samtvorhang davor war für mich immer ein besonderes Ereignis. Wenn man sie öffnete und die Thorarolle herausnahm, um sie auf das breite, abgeschrägte Lesepult inmitten des Gottesdienstraumes zu legen, war ich immer wieder aus neue beeindruckt. Ich verstand damals noch nicht, warum jede Thorarolle mit einem anderen Samtmantel eingehüllt war; aber die Gold- und Silberstickerei auf ihm ist mir im Gedächtnis geblieben.

Derjenige, der die Rolle herausnehmen durfte, übergab sie einem anderen, der sie bis zur Bima, einem Podest in der Mitte des Raumes, tragen durfte. Dort legte er sie auf die schräge Platte und nahm den Thoramantel mit einer gewissen Feierlichkeit und sehr vorsichtig ab. Die nun entblößte Rolle war noch mit einer langen weißen Binde umwickelt, die ebenfalls sehr vorsichtig abgenommen und ordentlich aufgewickelt wurde. Außerdem gab es noch den sogenannten Thorafinger aus Silber, mit herrlichen Verzierungen. Wer die Ehre hatte, aus der Rolle einen Abschnitt vorzulesen, nahm ihn in die Hand, und der Vorbeter zeigte ihm mit diesem Silberfinger, wo er beginnen musste…

Die Frauen saßen oben auf der Empore allein für sich. Auch wir Kinder mussten dort sein. Jede hatte dort ihren festen Platz, der sich vererbte. Meine Mutter saß zum Beispiel auf dem Platz meiner verstorbenen Großmutter. Links neben ihr, direkt an der Treppe, saß Frau Alexander und rechts die alte Frau Hohenberg. Neben ihr saß Tante Jettchen. Weiter kann ich mich nicht erinnern, aber ich denke, dass es insgesamt fünf Plätze dort oben waren. Auf der anderen Seite der Treppe saßen meine Tante Franziska, neben ihr die Frau von Robert Wertheim und daneben die Frau von Emil Wertheim, schließlich noch Tante Janette, die Schwester von Robert Wertheim. Irgendwo hatten auch noch Julie und Elli Hohenberg, die Schwester bzw. Frau von Albert Hohenberg ihren Platz.

Wenn man dann eine kleine Treppe hinaufging, waren dort noch weitere Bänke, nach meiner Erinnerung auf jeder Seite zwei Reihen. Dort saßen die wenigen Kinder aus der Gemeinde …“

Frau Frank, die bis dahin mit geschlossenen Augen auf ihrem Stuhl gesessen hat, blickt auf und trifft die Augen von Frau Rubin. In ihnen schimmern Tränen. Jetzt erübrigen sich Worte. Die Stille ist ein Band zwischen zwei Herzen, das spürt man. Als Frau Frank zur Tür geht, schiebt ihr die Judenmetzig eine kleine Dauerwurst in die Einkaufstasche.

Fritz und Heinz sind von ihrem Flakhelferposten abgezogen und absolvieren eine Grundausbildung als künftige Soldaten. Vor dem Aufbruch in die Garnisonsstadt backt Mutter Else ihnen jede Menge Waffeln, die sie so sehr lieben. „Lieber Waffeln als Waffen“, sagt sie ironisch, während sie den Teig zubereitet. Zur Rekrutengelobung ist Else Rubin auf den Kasernenplatz eingeladen. Der Eid lautet: „Ich schwöre bei Gott diesen heiligen Eid, dass ich dem Führer des Deutschen Reiches und Volkes, Adolf Hitler, dem Obersten Befehlshaber der Wehrmacht, unbedingten Gehorsam leisten und als tapferer Soldat bereit sein will, jederzeit für diesen Eid mein Leben einzusetzen.“

„Da kann ich nicht hingehen“, erklärt Frau Rubin. „Ich müsste mich übergeben, wenn ich das höre.“

Kurz darauf verlässt auch Julie das Haus, um Wehrmachtshelferin zu werden. Jetzt ist nur noch Franz daheim. Man spricht von einem Notabitur, das er ablegen könnte, um anschließend als Freiwilliger gleich in den Krieg zu ziehen.

„Bleib lieber sitzen!“, rät Onkel Gustav, „dann bleibt dir der Schlamassel ein Jahr erspart.“

„Wenn ich plötzlich schlechte Noten schreibe, ahnt man warum“, erwidert Franz. „Unser Rektor, diese Feldhaubitze, ist Hellseher. Er meint, wenn ich meine Ansichten änderte, hätte ich das Zeug zu einem hohen Tier in der Armee.“

„Da sind mir meine normalen Tiere lieber“, brummt Onkel Gustav und schlurft in den Stall.

Der Krieg kommt näher. Schon verletzt er die Grenzen des Reiches. Goebbels und die anderen Großmäuler wettern bis zur Heiserkeit, als könne ihr Geschrei den Feind verscheuchen. Durchhalteappelle hetzen durch die gleichgeschalteten Zeitungen und durch die Rundfunksender. Im Grunde braucht man nur ein Blatt, um im Bilde zu sein. Doch der Tod ist individuell. Er lässt sich nicht über einen Kamm scheren. Er sucht sich seine Opfer selber aus.

Wie oft ist Pfarrer Arnold in diesen Tagen unterwegs, um Todesnachrichten zu überbringen. Wie oft sein evangelischer Kollege in der Nachbargemeinde! Wenn sie sich treffen, ein Stündchen bei einer Tasse Kaffee pausieren, gestehen sie einander, dass die bewährten Trostworte die Tiefe der Herzen nicht mehr erreichen können. Sie kommen ihnen zu abgedroschen vor, sie bringen sie kaum über die Lippen. Denn jeder Tod ist ein eigener Tod und verdient keine Massenabfertigung.

Pfarrer Arnold geht oft durch die Hindenburgstraße. Er geht vorüber, eine Todesnachricht im Gepäck. Frau Rubin atmet auf, doch zugleich schickt sie ein Gebet zum Himmel für den, den die Erde jetzt bedeckt.

Else Rubin hat einmal in einer religiösen Zeitschrift ein keltisches Gebet entdeckt und abgeschrieben. Manchmal zieht sie es aus der Schublade hervor und liest die Zeilen, die ihr zu Herzen gehen. Es könnte einmal auf ihrem eigenen Grabstein stehen.

Nun kehre ich heim zu dir in dein Haus,
ich kehre heim zu dir in das Haus des Winters.
Ich kehre heim zu dir in das Haus,
das gestern noch das Haus des Frühlings,
Sommers und Herbstes war.
Jetzt ist es das Winterhaus für den Schlaf meiner Seele.

Ich kehre heim zu dir.
Das Kind deiner Liebe zieht ein in das Haus des Winters,
in dein ewiges Bett
zu immerwährendem Schlaf.

Aber dann kommt Pfarrer Arnold auch auf ihr Haus zu. Er könnte im letzten Augenblick abschwenken, denn es gibt Straßenbauarbeiteten, die man umgehen muss. Nein, er hält Schritt, er steht vor der Ladentür. Es ist Freitag, und drei, vier Juden stehen im Raum.

„Können wir uns setzen, wo wir ungestört sind?“

Die Stimme ist verletzt und heiser. Die Juden wollen sich verdrücken, ohne ihre Ration in Empfang genommen zu haben. Doch Else Rubin hält sie zurück. Sie weiß, was der Pfarrer ihr mitteilen muss. Und sie weiß auch, dass sie sich bei ihren Juden in bester Leidensgesellschaft befindet.

Nun ist sie mit Schwager Gustav und Franz allein. Franz erträgt den Tod des Vaters am schwersten. Mütter sind gefasster. Vor allem im Krieg. Sie haben Vorahnungen und Ahnungen und rechnen mit dem Schlimmsten. Doch Kinder haben ihre Träume. Und der Hammerschlag des Todes zerstört ihr ganzes Weltgefüge. Gustav dreht den Fleischwolf so stark, dass die Kurbel bricht.

Nachts sitzt Franz bis Mitternacht am Volksempfänger und wartet auf den verhaltenen vierfachen Paukenschlag. Feindsender Radio London nimmt die Illusionen von einem Endsieg. Einige „Goldfasane" sind aus dem Stadtbild verschwunden, Richtung Süden. In die Berge. Auch die Zahl der jüdischen Kunden bricht zusammen.

„Abgeholt!" heißt es lapidar auf die Frage nach ihrem Verbleib.

„Was? Der auch?"

„Abgeholt" heißt: dem Endgericht überliefert, der Gaskammer. Die Todesmaschine dreht sich bis zuletzt, geölt, geschmiert, angetrieben von den Verfechtern der „Endlösung der Judenfrage".

Pfarrer Arnold schaut tagsüber mal kurz vorbei. Auf dem Weg ins Hospital, wo er seine kranken „Schäfchen" besucht oder Sterbesakramente spendet, steht er plötzlich vor der Ladentheke.

„Wie geht's?", fragt er. Else Rubin spürt, dass dies keine Alltagsfrage ist, so wie man einen Bekannten auf der Straße begrüßt. Aus den wenigen Worten, mit denen sie antwortet, hört der Geistliche mehr heraus.

Dann erscheint er eines Abends und bleibt zu einem längeren Gespräch. Er spürt, wie verzweifelt Else Rubin ist. Dass sie mit ihrem Gott im Clinch liegt, weil er all das zulässt, was an Grausamem, an Verderblichem, an Unmenschlichem in dieser Welt geschieht. Warum hat er ihr den Sohn genommen? Warum den Mann? Braucht er noch mehr Brandopfer, und schlagen die Flammen dann doch nicht zum Himmel wie bei Kain?

Pfarrer Arnold weiß, dass er mit den Worten nicht trösten kann, die er im Priesterseminar gelernt hat. „Das Leben geht weiter" und „die Zeit heilt alle Wunden" sind Messerstiche, die Menschen Menschen zufügen können. Nein, es hat keinen Sinn, hier nach Gott zu fragen. Wir kennen Gott nicht. Das Bild, das wir uns von ihm gemacht haben, stimmt so nicht mehr. Wo ist er? Der Himmel, den wir sehen, ist erforscht. Über den Wolken ist Leere, da fehlt die Luft, da gibt's kein Leben, da muss man ersticken. Man will ja an ihn glauben, an den guten, getreuen und liebenden Gott, der uns am Leben hält. Aber er zeigt sich nicht, er verbirgt sich, als hätte er Angst vor seiner eigenen Schöpfung. Niemand wird ihm unterstellen, dass er gemeinsame Sache mit den „Goldfasanen" macht, mit den Braunhemden, den SS-Runen und Hakenkreuzen. Aber er ist nicht da und wäre doch so dringend vonnöten!

„Er weckt mich alle Morgen, er weckt mir selbst das Ohr." Dieses Lied des Dichters Jochen Klepper hat Else Rubin oft vor sich hin gesummt, während sie bei der Morgentoilette war. Klepper hat trotz dieses Trostes, der sich auf ein Wort des Propheten Jesaja zieht, sein Leben unter der Hitlerdiktatur nicht ausgehalten und ist mit seiner jüdischen Frau und deren Tochter in den Tod gegangen. „Gott hält sich nicht verborgen", heißt es in der ersten Strophe. Sprechen die Worte nicht der Wahrheit Hohn? Oder ist Gott auf andere Weise bei den Sterbenden?

Nur einen Wunsch noch hat Frau Rubin: Sie möchte ihren Sohn Franz vor dem Grauen bewahren. Pfarrer Arnold überlegt. „Ich kenne einen Orden, der allen Verboten zum Trotz im Geheimen noch Novizen aufnimmt und sie außer Landes bringt." Else Rubin atmet auf. Sie greift nach dem Strohhalm. Ist das die Rettung für ihren Sohn? Unter der Tür drückt sie dem Pfarrer ein kleines Päckchen in die Hand. „Hüten Sie es. Was es damit auf sich hat, steht drin", sagt sie.

Nur noch zwei Hebräer kommen freitags in die Judenmetzg. Rabbiner Dr. Kornblum ist nicht mehr dabei. Er hat die anderen, als sie „abgeholt" wurden, freiwillig begleitet. Er stand noch nicht auf der Todesliste. Jetzt erscheint Ida Wichelhausen. Sie trägt einen Pelzmantel über dem Arm. „Ich hab eine Bitte", sagt sie. „Ich würde diesen Mantel gern gegen schlichte Bettwäsche tauschen. Dort, wo ich hingehe, braucht man keine guten Sachen, nur einfache."

Die Fleischersfrau erschrickt über die schicksalsergebene, todesbereite Haltung. Gibt es denn gar keine Rettung? Kann sie gar nichts tun?

„Um Gottes willen, nein, nein, ich schenke Ihnen die Wäsche. Sie müssen mir nichts dafür geben. Warten Sie, ich hole Ihnen ein paar Betttücher und Bettlaken."

Doch Frau Wichelhausen besteht darauf, den Mantel abzugeben. „Dann haben Sie eine Erinnerung an mich. Auch ich werde mich gern an Sie erinnern – solange ich noch kann. Morgen um fünf werde ich zum Bahnhof geführt."

Erst später, als sie den Mantel auf einen Bügel hängt, sieht Else Rubin, dass er den Judenstern trägt. Mit ein paar Schnitten könnte man die Naht auftrennen und das Menetekel entfernen. Doch Else Rubin tut es nicht. Sie kann es nicht. Sie weiß, was sie tun muss. Die Nacht verbringt sie mit Briefeschreiben an ihre Kinder, Anweisungen an ihren Schwager. Dann gelten ein paar Zeilen ihrem schlichten Testament.

Am nächsten Morgen, in aller Herrgottsfrühe, zieht sie den Mantel an und geht zum Bahnhof. Es ist herbstlich kühl, und der Mantel tut ihr gut. In Reih und Glied warten die letzten Juden der Stadt. Niemand spricht. Dafür sind die Kommandos der Wachleute umso lauter. Sie durchschneiden den nebligen Morgen, der sonnig und schön werden will. Ida Wichelhausen steht ganz vorn; sie sieht sich nicht um. Einer hakt die Namen der Juden auf seiner Liste ab. Den Namen von Else Rubin findet er nicht. Sie deutet auf den Judenstern auf ihrem Mantel. Der SS-Mann zuckt die Achseln, lässt sie passieren. Auf einem Nebengleis fährt der Zug nach Theresienstadt ein. Dann öffnen sich die Abteiltüren. Die Menschen steigen ein; eilig haben sie es nicht. Manche Koffer und Bündel werden durch die geöffneten Fenster in die Wagen gereicht. Die Wache, den Karabiner im Anschlag, achtet darauf, dass alles seine Ordnung hat und niemand entkommt. Wie in Trance steht Else Rubin in der Schar der Reisenden.

„He, was machen Sie! Treten Sie zurück!"

Einer der Wachleute hat sie erkannt. Es ist der junge SS-Mann, der sich so ungebührlich in ihrem Geschäft aufgeführt hat.

„Los, los, zurücktreten! Herrjeh, was soll das denn! Der Zug fährt gleich ab."

Sie hört nicht auf ihn, wendet sich ab. Jemand schiebt. Zwei Stufen, sie ist im Abteil. Gleich hinter Else Rubin fällt die Tür ins Schloss. Das Ausfahrtsignal steht auf Grün.

Da ward der König sehr froh und hieß Daniel aus dem Graben ziehen. Und sie zogen Daniel aus dem Graben, und man spürte keinen Schaden an ihm; denn er hatte seinem Gott vertraut. *Daniel 6,23*

Pfarrer Arnold (Name geändert) wurde später zum Bischof geweiht. In seinem Brustkreuz trug er sieben Rubine.

Ida Kohlberg lebte zuletzt mit einem Hausmädchen allein in dem Gebäude. Zwei Zimmer im Hinterhaus waren nicht mehr bewohnbar, der Schwamm hatte die Holzdielen zerfressen. Ihr Mann Siegfried war ihr 1927 im Tod vorausgegangen. Vom Verkauf des Hauses sollte Ida Kohlberg ein Platz in einem Dortmunder Altenheim gesichert werden. Doch dazu kam es nicht mehr. Sohn Moritz, 1882 geboren, wurde von Berlin aus in ein KZ deportiert und 1941 umgebracht. Ernst Kohlberg, Jahrgang 1884, fiel 1917 als Leutnant in Frankreich. Sein Name steht auch auf der Gedenktafel für die Gefallenen in der Kirche. Alfred Kohlberg, 1885 geboren, überlebte die NS-Zeit als „Konsul von China" und starb 1954 in Charlottenburg. Rudolf Kohlberg, geboren 1887, wohnhaft in Dortmund, kam 1944 in Auschwitz ums Leben.

Nach dem Krieg setzte Alfred den Eltern einen Grabstein. Der Steinmetz wusste wohl nicht, dass es sich um eine jüdische Grabstätte handelte. So meißelte er neben das Symbol der Friedenspalme das Kreuz als Zeichen christlicher Hoffnung auf ein ewiges Leben …

Am früheren Haus der Familie Kohlberg befindet sich in Erinnerung an die Menschen, die hier gelebt haben, eine Mesusa, eine kleine Metallkapsel, mit der hebräischen Inschrift „Adonai elohenu Adonai" (deutsch: Der Ewige, unser Gott, ist der Herr).

Die Helfer beim heimlichen Begräbnis von Ida Kohlberg mussten sich vor einem Parteigericht verantworten. Über das Strafmaß ist nichts bekannt.

Die Erlebnisse um die Synagoge schildert Meta Frank (1904-1994), geb. Königsthal, in ihrem Buch „Schalom, meine Heimat – Lebenserinnerungen einer nordhessischen Jüdin“. Im Oktober 1934 heiratete sie den Arzt Kurt Frank und wanderte mit ihm und ihrer Familie nach Palästina aus. In Hofgeismar ist eine Straße nach Meta Frank benannt.

Die Mordnacht über der Königspfalz

Hermann Multhaupt
»Die Mordnacht über der Königspfalz«
Mittelalter-Roman über das Leben der heiligen Ida von Herzfeld
dialogverlag Münster 2020
168 Seiten, Softcover 12,80 €
ISBN: 978-3-944974-45-3

Der Mittelalter-Roman erzählt die spannende Geschichte der sächsischen Adeligen Gunloda zur Zeit Karls des Großen. Der Kaiser will das sächsische Volk durch Zwangstaufen gefügig machen und zum Christentum zwingen. Um dieses Ziel zu erreichen, lässt er sächsische Edelinge als Geiseln nehmen und bei fränkischen Familien Dienst tun. Auch Gunloda und ihr Freund Hengist sind von diesem Schicksal betroffen: Während es Gunloda in einer christlichen Familie gut ergeht, wird Hengist am Hof des Pfalzgrafen gedemütigt und schwört Rache. Mittel zum Zweck in seinem teuflischen Plan ist Gunloda, die nach schweren Gewissenskonflikten eine bedeutungsschwere Entscheidung trifft …
Schließlich begegnet Hengist Ida von Herzfeld, einer Verwandten Karls des Großen. In ihrem Umfeld erschließt sich ihm nach und nach die wahre Bedeutung des Christentums.